Léon-G. PÉLISSIER

CORRESPONDANT DU MINISTÈRE DE L'INSTRUCTION PUBLIQUE

LES AMIS

D'HOLSTENIUS

IV

LES PETITS CORRESPONDANTS

Lettres et documents divers

MONTPELLIER

IMPRIMERIE CENTRALE DU MIDI

(HAMELIN FRÈRES)

1892

LES AMIS D'HOLSTENIUS

Léon-G. PÉLISSIER

CORRESPONDANT DU MINISTÈRE DE L'INSTRUCTION PUBLIQUE

LES AMIS

D'HOLSTENIUS

IV

LES PETITS CORRESPONDANTS

Lettres et documents divers

MONTPELLIER

IMPRIMERIE CENTRALE DU MIDI

(HAMELIN FRÈRES)

1892

LES AMIS D'HOLSTENIUS

IV

Les petits correspondants

LETTRES ET DOCUMENTS DIVERS

Au nombre des amis et correspondants d'Holstenius dont
la bibliothèque Barberini a conservé des lettres, figurent à
côté de ces érudits illustres qu'ont été Peiresc, Pierre Dupuy,
Rigault, et qui furent les compagnons de toute sa vie, d'autres
savants qui n'ont eu avec lui que des relations éphémères, et
des hommes de moindre mérite et de plus mince réputation,
que leur époque connut peu et dont la mémoire survit à peine.

[1] Dans ma collection d'amis d'Holstenius je ne fais figurer que
ceux d'entre eux dont les lettres inédites permettent de renouveler ou de
modifier le portrait. Elle serait beaucoup trop considérable, s'il fallait y
admettre tous les savants de cette époque qui ont eu des relations, plus
ou moins sincèrement cordiales, avec lui. On n'y trouvera donc ni Allacci,
ni Alamanni, ni Sirmond, ni Naudé, ni Suarès, ni Dormalius. Le centre
des recherches sur Allacci (Léon Allatius) est désormais, à la Bibliothèque
Vallicelliane, le fonds Allatius, classé, catalogué, et maintenant ouvert au
public. Il faudrait ajouter quelques manuscrits de la Barberini (Documents
officiels le concernant, XXXVIII, 6; lettres, XXXVIII, 108 ; LXXI, 71 ;
XXXVIII, 92). Alamanni et Sirmond dépendent plutôt de Peiresc que des
Barberini : Dormalius n'est guère connu que par Peiresc. Suarès n'est
vraiment pas un *ami* d'Holstenius, avec qui il s'est disputé toute sa vie
(cf. Lettre de Naudé à Peiresc, Rieti, 30 novembre 1645, dans les *Cor-*
respondants de Peiresc, n° XIII) ; j'ai publié ailleurs [Documents Annotés, III] des lettres à lui adressées, qui sont conservées à la Barberini.
Sur son rôle comme bibliothécaire des Barberini, on trouvera des documents, catalogues de livres prêtés, donnés, achetés, entrés ou sortis, dans
Bibl. Barb., XXXVIII, 37, manuscrit dont la plupart des morceaux sont
de la main de Suarès. Je regrette davantage de ne pouvoir consacrer une
notice à Gabriel Naudé, mais la bibl. Barberini ne m'en a pas fourni les
éléments.

Ni ceux-ci, tels que Poupart, Damy, Berkhout, ni ceux-là,
Sirmond, Gassendi, Mersenne, ne méritent, soit à cause de la
brièveté de leurs rapports avec le savant helléniste, soit à
cause de leur peu de valeur personnelle, d'être étudiés sépa-
rément et en détail dans la collection de notices que je consa-
cre à l'entourage savant du cardinal Barberini [1], mais cependant on ne doit pas les omettre tout à fait : quelque grande
place que tinssent parmi ses occupations et ses soucis des
historiens comme Dupuy, ou de spirituels curieux comme
Aleandro, Holstenius devait sans doute, et malgré lui appa-
remment, en réserver une plus grande à cette clientèle em-
pressée de protégés, de confrères malheureux et de quéman-
deurs [2] qui formaient son groupe, et l'on pourrait dire (car
il aimait qu'on le flattât,) sa Cour. D'autre part, dans la foule
de ces lettres, souvent aussi insignifiantes que solennelles [3],

[1] Les trois premiers fascicules de cette collection, consacrés à l'archevêque de Toulouse, Charles de Montchal, aux frères Pierre et Jacques Dupuy, et à Girolamo Aleandro le jeune, ont paru dans les *Mélan-
ges d'Archéologie et d'Histoire de l'École Française de Rome*, tomes VI,
VII, VIII (1886, 1887 et 1888).

[2] Il les obligeait quelquefois lui-même, mais préférait les faire obliger
par ses amis, surtout par Peiresc. Un M. Pierre Dupont qui l'appelle
dans la suscription de sa lettre « Gentilhomme allemand au palais du
Pape » lui écrit de Boisgencier (*sic*), le 1er octobre 1631, que, grâce à sa
recommandation, Peiresc lui a rendu « tous les offices qu'un père pourrait rendre à son enfant [Bibl. Barb., XLIII, 176].

[3] La correspondance d'Holstenius est contenue dans six volumes : XXXI,
64, ses propres lettres : XXXI, 65-66, lettres latines à lui adressées : XLIII,
85, lettres françaises à lui adressées : XLIII, 176-177, lettres françaises,
allemandes et anglaises, à lui adressées. Il faut y joindre XXXVIII, 6,
pièces officielles le concernant : XXXVIII, 90 et 91, inventaires et catalogues (cf. plus bas) : XXXII, 17, journal de son voyage de 1655 (publié
plus loin) : XXX, 122, 150 et 177, poésies latines diverses d'Holstenius
et à Holstenius : XXX, 69, Monumentum romanum Claudio Peirescio
factum. Les manuscrits de plusieurs des ouvrages d'Holstenius sont
aussi conservés à la Bibl. Barberini : XXXIII, 118-121, 4 vol. in-fol.
Vitæ Romanorum Pontificum e variis codicibus collatæ : XXXIII, 122,
Jura, privilegia et infeudationes variæ Sanctæ Romanæ Ecclesiæ : XXXIII,
137, dissertatio in libellum Christophori Ronconii : XXIX, 190, Brevia-
rium libri Joannis Philadelphiensis : Laudatio Boreæ, Academica oratio ;
XXVIII, 4, 29, 88, Chartulæ in unum collectæ : adversaria varia : XXXVIII,
40, fragmenta interpretationis Nili : IX, 43 et X, 137, observations sur

il y en a qui sont curieuses et pleines de faits, et fort utiles
pour la biographie d'Holstenius et l'histoire de l'érudition.
Cette double raison explique la publication de lettres ou de
fragments des lettres adressées au bibliothécaire de la Barberine, par ceux que l'on peut nommer ses *Petits Correspondants*.

I

La biographie d'Holstenius peut s'enrichir dans ces lettres
de quelques détails restés inconnus à l'auteur[1] de sa vie et aux
notices postérieures qui y sont presque toutes puisées. Sur sa
première jeunesse, une lettre de Giacomo Albini[2] nous fournit
d'utiles renseignements : nous y apprenons les noms des maîtres
qui dirigeaient l'école où Holstenius enfant (in juvenili aetate
commença son éducation, Sperling et Husveddius. Au cours
de ses voyages, dans ce tour d'Europe qui lui avait fait visiter
les bibliothèques et les universités de l'Allemagne occiden-
tale, des Pays-Bas, de l'Angleterre et de Paris, et qui l'avait
ainsi conduit de Hambourg à Rome par le chemin des hellé-

Étienne de Byzance; XXIX, 148, XXX, 182, inscriptions. Je ne crois pas
que la correspondance d'Holstenius, actuellement existante, soit contenue toute entière dans ces six volumes : il paraît qu'une quantité assez
considérable de lettres n'est pas communiquée, peut-être même pas classée.
C'était du moins l'opinion du cardinal Pitra. Les mss. Barb., XLIII, 176-
177, sont probablement les deux volumes in-folio dont il est question dans
le passage suivant, extrait d'une lettre de l'abbé de Saint-Véran à Séguier
(Carpentras, 14 février 1777, Nîmes, Bibl. Munic., Mss. 13896) : « J'appris,
il y a quelques années, que feu M. Compagnoni, évêque d'Osimo, pendant
qu'il était Bibliothécaire de la Barberine, avait ramassé en deux volumes
in-folio les lettres des grands hommes, et que parmi celles-là il s'en
trouvait beaucoup de Peiresc. J'ai écrit à un ami que j'ai à Rome de prendre une note exacte des auteurs de ces lettres et de me la faire passer.
D'abord que je l'aurai reçue, je vous en donnerai avis. » L'avis en question ne se retrouve pas, sauf erreur, dans les papiers de Séguier.

[1] La vie d'Holstenius a été publiée en allemand et anonyme en 1738 à
Hambourg.

[2] Cette lettre datée de Hambourg, 20 avril 1646, est la première du ms.
Barb., XXXI, 65, qui contient, rangées par ordre alphabétique, les lettres
latines, généralement peu intéressantes, de ses correspondants d'Allemagne, de Hollande, et d'Italie

nistes, [1] Holstenius avait formé de nombreuses relations d'amitié. Sa correspondance nous révèle les noms de quelques-uns de ces amis, dont l'éloignement avait sans doute ensuite justifié pour son égoïsme son oubli et sa négligence.

A Leyde, Holstenius avait fréquenté la maison de Vossius, et y avait rencontré divers hommes de mérite, un conseiller de la cour de Hollande, M. van Berkhout, un conseiller du prince d'Orange, M. Vosherghen, M. Doublet (de la Haye), dont le nom semble indiquer une origine française. Une lettre de M. van Berkhout le fils [2], nous apprend que ces graves personnages allaient souvent *boire et se réjouir studentixῶς*, (Ce barbarisme hybride est-il de l'invention de l'écrivain?) On voit par là qu'Holstenius, qui plus tard recommandait à son neveu d'éviter les trop fréquentes séances au cabaret [3], avait su, dans sa jeunesse, s'oublier à l'occasion en bonne compagnie.

Dans son voyage de Paris à Rome [4], Holstenius s'arrêta à Auxerre, où il fut l'hôte [5] de l'évêque de cette ville, M. G. de

---

[1] Sur ces voyages d'Holstenius, voir surtout ses lettres publiées par Boissonade (L. H. epistolae ad diversos, etc., Paris, 1817, in-8º).

[2] Cf. ci-dessous, lettre 2.

[3] Cf. *Ibid*. II. Les frères Dupuy, p. 55 et note 1.

[4] Entre autres érudits, Holstenius avait connu à Paris un certain professeur de droit d'Orléans, dont il reste une lettre, datée d'Orléans, du 21 janvier 1631, qui est bien accablante pour sa mémoire. C'était une lettre pour présenter l'interprète helléniste Aubert, que nous retrouverons plus loin. Voici comment elle se termine : « J'ai donné à M. Naudé qui s'en va à Rome avec Mgr le cardinal Bagny, un petit traité que j'ay fait imprimer.... Il vous le dira (*sic*), que si vous revenez en France, je promets de vous donner le degré de Docteur en Droit civil et canon gratis..... à charge toutefois que vous contenterez M. Aubert en tout ce qui sera de votre pouvoir. [Bibl. Barb., XLIII, 176.) Le professeur Florent avait une singulière façon de comprendre son métier. Il reste une lettre d'un ami de l'évêque d'Auxerre, M. de Souvré et du fameux Dom Jean de Saint-Paul, M. Marandes, qui avait aussi connu Holstenius à Paris. Il y est dit que « Dom de Saint-Paul a tesmoigné une extresme joie d'apprendre de vos nouvelles, y aiant peu de personnes qu'il estime à l'égal de vous », et il y est donné diverses nouvelles peu importantes. Cette lettre n'est malheureusement pas datée. [Bibl. Barb. XLIII, 176].

[5] Cela résulte de la suscription donnée plus loin d'une lettre de Bl. Michel.

Souvré [1], avec lequel il resta en relations, comme nous l'apprennent diverses lettres du prélat. Il avait quelque influence sur lui, au moins en matière littéraire : un auteur, Blaise Michel [2], s'adressait à lui pendant son séjour pour le prier de *faire lire* un petit ouvrage présenté par lui à l'évêque, et dont il lui envoyait copie à lui-même. Holstenius s'était servi de l'autorité de M. de Souvré sur le nonce (le cardinal Barberini), pour raffermir son crédit ébranlé par de méchants bruits. Dans une lettre du 15 avril 1629, l'évêque d'Auxerre lui annonçait « qu'il parlera à M. le Nonce pour effacer l'impres-
» sion fausse que quelques malveillans lui pourraient avoir
» donnée de vous, ainsi que vous le craignez. » Il ne perdit pas de temps pour exécuter sa commission, car, dans le post-scriptum même de la lettre, il ajouta : « J'ay parlé à M. le
» Nonce qui m'a dict que tant s'en faut qu'on lui ait fait en-
» tendre aucune chose à votre préjudice, qu'il vous a toujours
» fort estimé. Il est assez mon ami pour ne m'avoir rien celé.
» Dormez en repos de ce costé-là » A son tour, quelques mois après, le prélat adressait à Holstenius une requête du même genre : il s'agissait de dissiper la mauvaise impression que pouvait avoir produite à Rome le bruit de la cession prétendue de son évêché. M. de Souvré traitait avec assez de confiance l'helléniste pour l'initier au détail de ses affaires intimes, et pour lui confier des opinions assez secrètes sur ses collègues de l'Assemblée du clergé [3]. Dans l'entourage de M. de Souvré, Holstenius avait surtout connu le chanoine Noël Damy, dont

---

[1] M. de Souvré avait le goût de la vie à la campagne. Dans sa lettre Marandes dit : « J'ai esté chez M. d'Auxerre, mais il n'est pas à Paris pour le présent, et ne sera de retour des champs, où il est, que dans trois sepmaines. »

[2] Blaise Michel est un de ceux qui défigurent le plus étrangement le nom du géographe helléniste : « Monsieur /Monsieur Stenius/, demeurant en la maison de /Monseigneur le Révérendissime evesque/ d'Auxerre/ Auxerre. Sa lettre, signée «Blaize Michel, prebstre », est datée «de notre maison de Vassy, le 3 janvier 1627 » B. Barb. XLIII. 176]. Il faut lui comparer un certain Baltazar qui l'appelle Monsieur Golstinius [lettre de Paris, 23 novembre 1626 ; il s'excuse de ne pas être allé prendre les commandements de l'évêque d'Ausserre] [*Ibid*, XLIII, 176.]

[3] Voir ci-dessous, lettres 3 et 4.

il nous reste quatre lettres [1], et l'abbé Poupart, secrétaire
du prélat d'abord, puis du bailli de Souvré, ambassadeur de
l'ordre de Malte près Louis XIII, et envoyé extraordinaire
vers MM. les États de Hollande. Très honoré sans doute de
ses relations avec l'érudit, l'abbé Poupart lui a écrit plusieurs lettres de politesse et de félicitations: il demandait à
l'évêque l'autorisation de lire les lettres que lui écrivait Holstenius, et lui envoyait celles de son patron accompagnées de
billets complimenteurs [2].

Une autre lettre atteste l'existence de relations, bien pas-
sagères d'ailleurs, entre le bibliothécaire des Barberini et le
grand Condé. C'est un billet écrit au nom du prince pour remercier Holstenius des politesses que M. de La Peyrère rece-
vait de lui à Rome. « Je me flatte, ajoute Condé, que ma
» considération y est pour quelque chose... Je ne perdray
» jamais l'occasion de recognoistre l'amitié que je scay que
» vous avez pour moi, » et il se dit son « très affectionné à le
» servir [3]. »

L'avarice et la cupidité d'Holstenius sont assez connues déjà.
On en trouve une nouvelle preuve dans les lettres de l'abbé
de Barclay. L'abbé de Barclay avait acheté d'Holstenius des
livres, qu'il lui avait proposé de lui rembourser soit directement, soit par l'intermédiaire d'un prélat de ses amis, monseigneur Segni. Le marché fut accepté, mais ne s'exécuta pas,
ou du moins pas vite, car, trois mois plus tard, les livres
étaient encore entre les mains de l'helléniste, qui en refusait
la livraison au prix d'abord convenu. L'abbé de Barclay lui
écrivit même, à ce propos, une lettre assez vive [2]. Nous ignorons

---

[1] Ces quatre lettres et trois lettres de Poupart sont Bibl. Barb. XLIII,
85. Elles m'ont paru négligeables, ainsi qu'une lettre signée Maurice, et
une à signature indéchiffrable, (ibid, même volume. Mon incompétence
en paléographie allemande m'a forcé à négliger une importante série de
trente-sept lettres en allemand contenue dans le même volume.

[2] Voir ci-desssous, lettre 5.

[3] Cette lettre a été publiée par M. Eugène Müntz, dans les Archives
des Arts, série I. Elle est signée Louis de Bourbon, de Bruxelles, ce
11 avril 1657, et adressée « à Monsieur, Monsieur Holstenius. » [Bibl.
Barb. XLIII, 176].

[2] Voir ci-dessous, lettres 9 et 10.

malheureusement quelle fut l'issue de la querelle, et si Holstenius consentit enfin à s'exécuter [1].

L'habileté de sa conversion avait valu à Holstenius, non seulement de grasses prébendes, mais encore la situation qui, pour n'être qu'officieuse, n'en était pas moins importante, de chargé d'affaires auprès de la curie de ses compatriotes et de ses amis, en matière ecclésiastique. L'abbé Poupart le chargea, au nom de M. de Souvré, d'une négociation relative à l'établissement d'une colonie de catholiques hollandais à Malte ; M. de Souvré, de sa défense en cour de Rome. L'abbé Charles Hersent lui demanda de plaider sa cause auprès du cardinal F. Barberini et de Mgr Albissi [2] : il s'agissait de l'absolution d'une censure du Saint-Office, que lui avait attirée un sermon par lui prononcé en l'église Saint-Louis-des-Français, en 1650. Un prévôt de l'église de Hildesheim, Ernest de Hohensbrück, lui confia une affaire très secrète au sujet de sa prévôté [3].

On sait que ce fut Holstenius que le Saint-Siège chargea d'aller recevoir l'abjuration de la reine Christine [4]. Avant cette conversion, il avait même joué un rôle important, dans

[1] Peut-être n'est-ce pas l'avarice d'Holstein qu'il faut accuser ici, mais seulement sa négligence ordinaire à rendre service à ses amis. J'en ai donné des exemples probants dans les extraits des lettres de Dom Dupuy (*Ibid*. II, p. 90). En voici d'autres tirés des lettres inédites de Gabriel Naudé à Léon Allacci (Rome, Bibl. Vallicelliana, CXLVIII, 27). N° 7, s. l., 5 février 1639 : « Per i libri del signor Holstenio, stante la nominazione del Bolognese al vescovato di Rieti, vedo che me li bisognera induziare per averli sin al nostro ritorno, perche non credo più nessuno mi vogli mandar niente qui ; ma, buttavia ! non siamo ancora stivalati, e se avete qualchecosa da regalarmi non lasciate di darlo ai mulatieri. » Lettre 8, Rieti, 15 février 1639 : « Io non spero niente del signor Holstenio fin al nostro ritorno in Roma, perche mandare i libri senza lettere non averebbe garbo, e scrivere lettere è tropo fatigoso per lui, siche bisognera pigliar pasienza. » Lettre 9, Rieti, 2 mars 1639 : « Quelle sentenze del Holstenio non hanno havuto le gambe per venire qua. In somma, *naturam expellas furcà...* Manco male se le potremo avere a Roma con la vita di S. Bonifacio. »

[2] Voir ci-dessous, lettre 11.

[3] Voir ci-dessous, lettre 12.

[4] Il fut aussi chargé d'une mission semi-politique, semi-religieuse, en Pologne, dont il est question dans les lettres de Peiresc aux Dupuy (II, passim).

l'essai de conversion du prince Frédéric de Hesse. Il avait été aidé dans cette pieuse entreprise par le secrétaire du prince, le comte de Rechein. Plusieurs lettres furent échangées entre ces deux collaborateurs de la grâce [1], et il est très piquant d'y voir comment on aidait, au XVIIe siècle, les œuvres de la foi et l'action du Saint-Esprit. Le mémoire rédigé par Holstenius, au nom de son client princier, surtout, est extrêmement curieux comme témoignage pour l'histoire de ces conversions politiques [2]. Il est visible, malgré l'affectation du prince (ou de son interprète) à développer exclusivement les raisons théologiques qu'il peut avoir de se convertir, que le motif essentiel de son changement de religion est le don de la coadjutorerie du Grand-Prieuré d'Allemagne qu'il annonce à la fin de sa lettre.

Ces soucis théologiques et politiques n'étaient que des intermèdes dans la vie d'Holstenius. Ce qui la remplissait d'ordinaire, c'étaient ses occupations de bibliothécaire [3], soit à la Barberine, soit plus tard à la Vaticane ; il était le maître à peu près absolu de très nombreux manuscrits encore mal connus ou inconnus; pour en obtenir le prêt ou la copie, pour avoir les renseignements nécessaires sur leur intérêt ou leur importance, c'est à lui qu'il fallait s'adresser. C'était à lui que revenait naturellement le soin de la bibliothèque du cardinal : la nombreuse correspondance d'Holstenius avec Cramoisy [4], un entier registre de notes bibliographiques sont là pour montrer que ces fonctions n'étaient pas pour lui une sinécure [5]. Ses propres travaux enfin l'obligeaient, soit pour

---

[1] Il n'y a malheureusement plus, à la bibl. Barberini, que cinq lettres de M. de Rechein. Voir ci-dessous, lettres 13 à 17.

[2] Voir ci-dessous, lettre 18.

[3] Le ms. Barb. XXXVIII. 91. est un Index librorum manuscriptorum et typis editorum quos Urbanus VIII. Franciscus, cardinalis Barberinus, aliique ad hanc bibliotecam miserunt vel idem emit Holstenius.

[4] Voir ci-dessous, lettres 6, 7 et 8.

[5] Il avait des relations épistolaires avec d'autres bibliothécaires de grands personnages. Il y a [Bibl. Barb., XXXI. 65] une lettre à lui adressée par Alurez Fionno (sic), bibliothécaire du roi de Portugal, le 10 avril 1656. Il expédiait des manuscrits à diverses bibliothèques. Il y a (Bibl. Barb. XXXVIII, 90) un Inventario de manoscritti consegnati ai 19 di decembre 1648 al signor Elpidio Benedetti perché li spedisse al signor card. Mazzarino.

leur confection, soit pour leur édition, à avoir souvent recours aux savants et aux libraires étrangers[1]. Il serait intéressant de reconstituer, au moyen des lettres de ces correspondants, l'histoire extérieure de ses ouvrages et de ses relations avec les libraires de son temps. Malheureusement les
documents manquent pour cette étude. Les lettres de Cramoisy sont entièrement consacrées à des questions purement
commerciales. Celles des libraires anglais ne sont relatives
qu'à un des moindres incidents de la vie littéraire d'Holstenius[2].

[1] Un très grand nombre de lettrés lui faisaient leurs offres de service.
Un principal du collège de Laon, Aubert, lui écrit de Paris, le 19 avril
1631 à Monsieur Holstein, chez Monseigneur le cardinal Barberini (Bibl.
Barb. XLIII, 176) et lui parle du « désir que j'ay d'entrer en votre amitié, lequel néantmoins j'ai conservé en moi-même jusqu'à ce que l'ayant
fait entendre à Monsieur Florent, il a voulu s'en rendre entremetteur, » et
Aubert ajoute, pour montrer que son amitié ne sera point platonique : ...
Après ceste faveur, je vous en demande une autre qui est que vous m'em-
ploiés en toute liberté lorsque vous aurez affaire de quelque chose de
la Bibliothèque du Roi, en laquelle Monsieur Rigault me donne libre
accès et que vous me permettrez d'en faire de même lorsque l'occasion
se présentera de tirer quelque chose du Vatican. »
Voici en quels termes Florent présente Aubert dans une lettre du 31
janvier 1631, dont j'ai cité plus haut un autre fragment :
« Monsieur, je crois que vous aurez agréable que je renouvelle notre ancienne amitié par la recommandation que je vous fais de M. Aubert, qui
est pourvu de la charge d'interprète du roi en la langue grecque, en la
place de feu M. Morel, qu'avez cogneu à Paris, [. . . .] Ledit sieur Aubert est doué d'un savoir rare et exquis, et les qualités de son esprit et
de son *ingenium* sont bien illimités au-dessus de ceux du sieur Morel.
[. . . .] Ce qu'il désire est que par votre entremise il puisse avoir, ou du
Vatican ou des autres bibliothèques d'Italie, ce qui lui sera nécessaire
quand il fera imprimer quelques livres. »
[2] Voir ci-dessous lettres 23 à 30. Par leur netteté pratique, ces lettres
font un singulier contraste avec les lettres, plus ou moins fleuries de
rhétorique, qu'Holstenius avait l'habitude de recevoir de ses correspondants. Il y a dans le ms. Barberini XLIII, 177, une lettre en hollandais relative à l'édition de Procope, écrite de Venise, le 8 janvier 1636 par Louis
Elsevier « vyt namen van Bonaventura eid Abraham Elsevier. » Son principal intérêt est d'être un témoignage de ce pèlerinage d'un Elsevier
ad limina Aldunian.

II

Ce que l'histoire littéraire a à retirer des débris de la correspondance d'Holstenius, c'est d'abord des données générales sur la vie littéraire à cette époque, l'impression que l'érudition et la philologie étaient déjà très répandues dans les diverses classes dirigeantes, et une haute idée de la familiarité qui régnait entre des hommes comme Peiresc, Dormalius, De la Marc, Holstenius, Sirmond, très différents par la condition, mais que leur commun goût de l'érudition suffisait à rapprocher. Sur la société même d'Holstenius, c'est une impression de confusion à la fois et de monotonie qui se dégage de ces lettres ; cette société s'est en effet caractérisée par l'absence d'unité dans les travaux, le manque de suite dans les idées[1], et le retour périodique des mêmes questions littéraires dans les correspondances. Si l'on excepte Peiresc, qui est le plus grand excitateur intellectuel de son temps, les Dupuy qui ont été de solides historiens, les patrologistes comme Rigault et Sirmond, l'érudition n'était pratiquée que par des gens médiocres autour d'Holsténius[2].

[1] Ces défauts sont sensibles chez tous les savants de cette époque, même dans la correspondance de Peiresc.

[2] Il y a une singulière différence entre l'activité scientifique des humanistes de Rome à cette époque et celle des savants français et allemands du début du siècle par exemple. Voici, entre mille, un témoignage de cette merveilleuse activité, dans une lettre de Jean Gruter à Pierre Dupuy, écrite de Francfort, le jour de Pâques 1614 et conservée à la Méjanes dans la correspondance de Peiresc :

Tuas mihi tradidit in nundinis D^{nus} Brederodius; fasciculum mihi inscriptum misit Heidelbergam itaque quamvis ignorem quid complectatur, magnas tamen in antecessum memini gratias. De Sirmundo grata nuncias, neque dubito de ejus fide : literis modo convenire non possum, non solum occupatissimus meis sed et soceri mei negociis ante mensem mortui, ut videbis ex programmate funebri : quare ignosce, si nec tuis plene respondeo ; imo ignosce si non mitto Panegyricos a me recensitos, Livium in 12^e commisi Druardi hominibus ante aliquot dies, negantque quidquam superesse quo amplius qui Lcordant : absque eo fuisset una addidissem Panegyricos, quorum demum mihi rediit memoria, ut relego epistolam tuam, sed non ambigo quin reperiatur apud bibliopolas vestros, sed latentes sub titulo Plinii, cujus epistolæ annectuntur. Itaque ab eis aufer

Les faits particuliers d'histoire littéraire nouveaux sont
assez rares dans les lettres adressées à Holstenius. Elles nous
renseignent sur l'existence de relations entre lui et Gassendi[1] en 1632 : le philosophe lui offrit communication d'une
copie de la Géographie d'Agathemerus, d'après le manuscrit
du cardinal Granvelle alors conservé à Besançon, copie alors
possédée à Bourg-en-Bresse par son ami Méziriac. La même
année, Holstenius envoya à Gassendi des variantes du manuscrit de Bâle, et les corrections d'Aldobrandini pour le
dixième livre de Diogène Laërce, à la restitution du texte
duquel il travaillait. Les relations entre Holstenius et le P.
Mersenne, attestée par deux lettres, n'eurent pas de résultats
utiles pour l'avancement de l'érudition[2]. Une lettre de M. de
Lannoy[3] contient quelques détails précieux pour sa biographie : la mention d'une querelle littéraire avec le Jésuite

exemplar ; ego sequentibus nundinis eis bona fide restituendum curabo
cum gratis gratiis. Patris vestri (p. m.) emendationes illis meis notis inter-
serui, communicatas per Bongarsium. Inscriptiones nondum sunt sub
praelo ; nemo vult recudere. Ea quae Livio vestro manuscripto enotavit
vellem sane mecum communicaret Salmasius, nam ego nondum ad eum
auctorem meas evulgavi, et ita sum spero de ipso meritus, ut tale quid
mihi negare non possit non debeat. Anthologiam manuscriptam an rece-
perit illustris Dominus Thuanus nondum intellexi. Commisi Principissae
Thoarsi et addidi geoponica mea collata cum manuscripto pro Salmatio,
qui an integre sanitati restitutus sit a te scire aveam. DD. Labbeorum
salutes remunerer meis cum faustis acclamationibus, quibus propositum
eorum prolixe prosequor. Scripsi Velsero de epistolis : rescripsit mihi,
sed ne quidem de epistolis Scaligerii ; quare hodie iterum eam compel-
lam, etiam seorsim Heschellium. Domi redux curabo describi aliquot
epistolas anecdotas atque tecum communicabo. Christmanno scripta nus-
quam comparet inter chartas ; forsan eam ipsemet exussit, quia erat
contra ipsum. Interim salve atque vale, amabilissime Domine, ac Grutero
laboranti in pristino (*un mot en blanc*) saltem adhuc votis fave. Domino
Sirmondo plurimum saluta, ut et Domino Morello et Dominis Gothofredis
    [1] Il n'y a que deux lettres de Gassendi à Holstenius à la bibliothèque
Barberini (xxxi, 65) l'une du v. Eid. Maias 1632, l'autre du V. Eid. novembre 1632. Toutes les deux sont publiées dans l'édition florentine des
œuvres de Gassendi (1727). Sur les rapports de Gassendi avec Holstenius, on me permettra de renvoyer d'avance au travail, annoncé depuis
longtemps déjà, de mon confrère et ami M. H. Berr sur Gassendi et son
temps. »
    [2-3] Voir ci-dessous lettres 19 et 20.

Théophile Raynaud qui était un grand ennemi du P. Sirmond[1].

De Hardy, mathématicien helléniste, il reste une lettre,
malheureusement non datée, dans laquelle il fait allusion à un
manuscrit de Pappus et un manuscrit de Ptolémée, tous deux
conservés à la Bibliothèque Vaticane : il en demande une
transcription à Holstenius.

« Je vous importunerai un de ces jours de me faire une
» courtoisie par de la, » dit-il en le remerciant, « sçavoir de
» m'assister à faire transcrire au Vatican, où je crois assuré-
» ment qu'avez grand accès, le premier chapitre du VIIe livre
» de Pappus τῆς συντάξεως τῆς μαθηματικῆς depuis les parolles
» τόπος καλούμενος, ὦ Ερμόδωρε τέκνον, jusqu'aux parolles τὴν
» δοθεῖσαν εὐθεῖαν τέμνειν, et le livre de Ptolémée, que Ptolémée
» cite lui-même au troisième τῆς μαθηματικῆς συντάξεως qu'il a
» écrit περὶ μεγεθῶς, que vous m'avez appris estre en la biblio-
» thèque Vaticane[2]. »

M. de La Mare[3], conseiller au Parlement de Dijon, s'a-
dressa à lui, par l'intermédiaire de M. Florent, pour avoir
communication des œuvres inédites de Leonardo Aretin dont
« il a certain advis qu'il y en a quelques pièces dans la bi-
» bliothèque du Vatican et dans celle de MM. les cardinaux

[1] Une des lettres du P. Mersenne, qui date des premiers temps du
séjour d'Holstenius à Rome, car elle lui est adressée au palais de Monseigneur Spada, contient quelques détails qui montrent comment dans
la pratique s'effectuaient ces échanges de lettres entre les érudits :

« Monsieur, encore qu'il n'y ait pas longtemps que je vous ay escrit
en addressant mes lettres à l'un de nos pères de la Trinité-du-Mont
pour vous les faire tenir, néanmoins rencontrant cette occasion de
M. Moreau, docteur en médecine de la Faculté de Paris, qui escrit à
Mgr Le Febvre, médecin bachelier de la mesme Faculté, qui demeure à
Rome, et qui est, ce me semble, médecin de l'hospital de la Charité, à
qui vous pourrez donner vos lettres pour qu'il les mette avec les sien-
nes dans le paquet qu'il adresse audit Moreau......

[2] Bibl. Barb., xliii. 176. Cette lettre est du 4 novembre 1627. Claude
Hardy, né au Mans, avocat au Parlement de Paris, puis conseiller au
Parlement de Paris, ami de Descartes, Gassendi, Huet, auteur des *Ques-
tions d'Euclide*. (1625, Paris), mort le 5 avril 1678.

[3] L'ami et le biographe de Saumaise, dont la *Vie* est demeurée inédite
et a tenu une si grande place dans les préoccupations de De la Mare le
fils, de Nicaise et de son groupe d'humanistes. Voir lettres 21 et 42.

» Barberins. » Holstenius fit les recherches nécessaires, car dans une lettre, postérieure de quatre années, M. de La Mare lui indique quels sont les manuscrits dont son copiste, le P. Lacaze, aura à se servir, et qu'il le prie de mettre à sa disposition.

Les questions d'archéologie posées à Holstenius étaient parfois bien bizarres. Mersenne le priait, par exemple, « de » voir au Vatican le manuscrit que Monseigneur d'Ony [1] » vous montrera qui traite *De Modis Harmonicis antiquorum*, » affin de me mander en quoi consiste son opinion, et en quoi » il met la force qu'il tient qu'ils eurent, une telle force sur » les passions que les auteurs nous racontent [2]. »

Il appert aussi de ces lettres que, dans ce petit monde de lettrés dont Holstenius était le grand homme et le cardinal Barberini le souverain protecteur, la bibliothèque du cardinal était l'objet d'un véritable culte. Une longue description, aussi banale qu'emphatique, en a été versifiée par le baron de Lisola [3], ce diplomate quasi-marron qui se trouve mêlé à tant d'intrigues et de négociations suspectes entre les cabinets de Paris, de Madrid et de Vienne. Ces *Stances sur la Bibliothèque de Mgr l'Eminentissime cardinal Barberin* commencent ainsi : [4]

---

[1] Le nom véritable est Doni. J.-B. Doni, né à Florence en 1593, mort en 1647, élève de Cujas à Bourges, protégé par Fr. Barberini, son secrétaire pour les lettres latines, secrétaire du Sacré Collége, professeur d'éloquence à Florence en 1640 (cf. Tamizey, Lettres de Peiresc aux Dupuy. II, 36).

[2] On le chargeait quelquefois de simples commissions de librairie. Le duc Ernest de Croy, tout en s'excusant de n'avoir pu répondre à une lettre d'Holstenius à cause de « mes voyages continuels », lui dit : « Vous m'obligerez fort de me faire avoir un tableau des noms et armoiries des six cardinaux nouvellement créés, comme on a accoutumé de les imprimer à Rome. » Lettre datée de Stolpe (?) le 15 mai 1657. Bibl. Barb. XLIII, 176.

[3] Sur le baron de Lisola, voir dans la *Revue historique*, un article de M. Hermile Reynald.

[4] Ces *Stances* sont dans le ms. Barberini XLIII, 145, p. 39. Sur la formation de la bibliothèque Barberini, voir Bibl. Barb., XXXVIII, 37, un recueil de comptes et d'inventaires, de l'époque du bibliothécariat de Suarez. Un Mgr. Coppiero y est souvent cité comme intermédiaire, de 626 à 1633. Il y a une note de livres donnés à Suarez le 28 septembre

> Grand Prince, mon âme est ravie
> De voir icy tous ramassés
> Ces hommes des siècles passés
> Qui tiennent près de vous une seconde vie.

1628, un inventaire de 138 manuscrits grecs sans nom de bibliothèque, des notes sur des antiquités conservées chez les Vittelleschi, une liste de livres donnés par le cardinal Barberini à la Vaticane (fol. 1; cf. ce document publié ci-après) et fol. 3 à 27 le catalogue de la bibliothèque d'Aleandro (197 mss. 1051 imprimés) dressé le 12 mars 1625. — Puisque je rencontre le nom de Suarès, je saisirai l'occasion de célébrer une fois de plus l'inépuisable obligeance de M. Paul Arbaud et la richesse de son cabinet en publiant ici deux lettres des frères Suarés à leur troisième frère. La première est de Charles-Joseph, qui succéda à Joseph-Marie comme évêque de Vaison. Elle est datée d'Avignon, le 19 novembre 1669, et relative à des questions d'affaires : « Monsieur mon très cher frère, je vous escrivis hier par la main de M. de Villabeille, m'estant fait saigner, à cause qu'une grande fluxion m'avait fait enfler toute une joue. Cejour-d'hui, avec l'ayde de Dieu et la saignée et de ventouses découpées, je me suis trouvé très soulagé et en liberté de vous escrire et respondre en main propre à la vostre du 17 du courant. M. de Villabeille vous porte 115 escus que j'ai en main de l'argent de la communauté de Vaison et de la pension de Madame de Tersan de l'an 1668 que j'ai tirée : (a vous dire tout le secret, vous priant de ne l'escrire pas à Mgr de Vaison.) J'en avois employé 35 pour mes besoins ; je vous prie, s'il se peut, de mettre dans le contrat que je les paierai à la Noel infailliblement et peut-estre auparavant : sinon je prierai quelque rentier de me les avancer. Etc. Charles-Joseph, évêque de Vaison. »

La lettre de Joseph-Marie Suarez est plus intéressante, à cause des nouvelles politiques qu'elle contient et des détails sur la façon dont J. M. Suarez protégeait sa famille à la cour de Rome. Elle est datée : « De Rome, ce 18 octobre 1676. Monsieur mon très cher frère,

Je suis ravi que vous soiez satisfait, mais ce n'estoit pas mon conseil. Si vous relisez bien mes lettres, Dieu vous fasse la grâce de vous en repentir, et que vous sortiez d'affaire par ce moyen. Je vous envoierai le roolle de mes livres que je veux au plus tost. Vous avez pour vice-légat M. Nicolini, prélat florentin ami de M. d'Aulane, votre fils, intime, mais qu'il n'en abuse pas et qu'il se loge. Il est meshui temps ; c'est un subjet digne. Mgr le cardinal Barberin lui a recommandé la maison en ma présence, et lui a accepté volontiers cette recommandation. Servez-le et le Saint Siège. J'ai baisé les pieds comme vicaire de S. Pierre à N. S. Père et les genoux comme assistant. Il promet merveilles. Dieu lui fasse la grâce d'exécuter ses pieuses intentions. Nous avons pour premier ministre le cardinal Cibo, auquel le sr Serona est secrétaire et pour dataire M. Augustini, mon bon ami. Nous croions légat d'Urbin Mgr le cardinal Carlo Barberini. Le cardinal son oncle se porte bien, Dieu merci. J'ai

Tous ces grands hommes, redoutans
Les fortes attaques du temps,
Dont toutes choses sont bornées,
Sont venus chercher du secours
Contre l'injure des années
Auprès d'un protecteur à qui les destinées
Promettent un renom qui durera toujours.

 Ces âmes doctes, abusées
 Par la majesté de ce lieu,
 Vous prennent toutes pour un Dieu
Et prennent leur séjour pour les Champs-Elysées ;
 Et moi-même, au premier aspect
 D'un lieu si digne de respect,
 Je sentis mon âme surprise ;
 Tous mes sens furent interdits
 Croiant qu'un prince de l'Église.
A qui Dieu de ses soins a la charge remise,
Eût mis tant de païens dedans un Paradis

 Mais voiant entre eux la figure
 Du grand monarque des Romains
 Qui possède entre les humains
Le même rang que l'homme a dedans la nature,
 Changeant soudain de sentiment,
 J'ay fait un nouveau jugement
 Et trouvé cette conséquence
 Que, pour causer quelques grands biens,
 Votre divine prévoiance

renoué mon service à Mgr le cardinal de Bouillon qui l'a receu de bon cœur, et me fait beaucoup d'honneur : et s'il passe au païs, allez avec toute la famille lui rendre respect. Mgr le cardinal Grimaldi est desjà parti. J'ai écrit enfin à Mgr l'evesque de Vaison, et il m'excusera si je ne lui responds à présent. Je le fairai lorsqu'il me paiera, comme je vous ai escriit, envoyant l'estat de ce qu'il m'est reliquat : car marquez-moi la formule pour la donation que je veux faire par main de notaire à M. d'Aulane, votre aisné, lorsqu'il se mariera, aux fins je la suive et que la chambre n'ait rien à voir. Je suis de tout mon cœur, Monsieur mon très cher frère.

Votre très humble serviteur et frère Joseph Marie, évêque ancien de Vaison. — Pour une étude complète sur J.-M. Suarez, il faudrait consulter, à la bibliothèque Barberini, ses recueils de correspondance (XXXI. 58 et 72; XXXVIII.64), d'inscriptions (XXXVIII.33.34.64.66.67.100), et la relation de son diocèse (XXXII.128).

> Pour tirer ces païens de leur fausse croiance
> A mis au milieu d'eux l'oracle des chrétiens.
>
> C'est là qu'on voit les harangues
> De ces orateurs si puissants
> A se rendre maistres des sens
> Et ranger les esprits au pouvoir de leurs langues ;
> Mais ils semblent tous advouer
> Qu'ils voudroient pour vous bien louer
> Pouvoir recommencer d'escrire ;
> Quoy que leur langage ait de doux,
> Ils eussent encore sceu mieux dire,
> Si pendant leur saison ceux qui tenaient l'empire
> Avaient eu la vertu de faire comme vous.

La description continue longtemps sur ce ton, et aboutit à ce madrigal, dont la chûte est aussi *jolie* que celle du sonnet d'Oronte :

> Mais, Prince à qui je rends hommage,
> Pourrai-je, sans témérité,
> Vous demander la liberté
> De vous dire un défaut qu'on trouve en cet ouvrage ?
> Je sais que là, de toutes parts,
> Sont les sciences et les arts,
> Les histoires et les coustumes
> Qui sont parmi les nations ;
> Mais, l'objet des plus dignes plumes,
> Il y faudrait encore autant de beaux volumes
> Comme vous avez fait de belles actions.

Cette platitude rimée exprime sur le mode lyrique l'opinion de tous les protégés du cardinal. La formation de cette collection célèbre, dont la destinée touche en ce moment même à une heure critique [1] est un des faits les plus intéressants de l'histoire littéraire du début du XVIIe siècle. C'était à qui, parmi les érudits de ce temps, enrichirait de ses œuvres ou des livres récents la bibliothèque de leur patron. Quelquefois les donateurs adressaient directement leurs hommages à Fr.

---

[1] La ligne directe des princes Barberini vient de s'éteindre, et la bibliothèque va probablement être vendue.

Barberini [1] ; le plus souvent, on les faisait parvenir à Holstenius, qui les présentait ensuite à son maître. Parmi les auteurs des innombrables présents de ce genre faits au cardinal, les lettres de la Barberini nous permettent de citer en premier lieu Cramoisy, qui, fournisseur attitré de sa bibliothèque, lui faisait de fréquents envois de politesse ; les Dupuy, Peiresc, réservaient aussi presque toujours pour la collection Barberini un ou deux exemplaires des livres qui leur étaient adressés à eux-mêmes, et avaient parfois la délicatesse de les offrir ornés de reliures par Le Gascon. [2] Dans son testament, Peiresc n'oublia pas le cardinal, et par le précieux legs du Pentateuque Samaritain reconnut princièrement les services que lui avaient rendus Fr. Barberini et Holstenius [3]. Holstenius lui-même en mourant enrichit le trésor dont il avait été si longtemps le gardien, de quelques-uns de ses manuscrits, qu'il partagea entre Hambourg, sa ville natale, la Vaticane, la Barberine, la bibliothèque particulière du pape Alexandre VII et la bibliothèque de la reine Christine [4].

Il ne reste à la bibliothèque Barberini aucune lettre de la

[1] Le ms. Barberini XLIII, 175 contient des lettres françaises originales, dont neuf au cardinal Barberini (quatre de M. de Béthune, une de Coillier, une du duc de Créqui, une de F. de Fleury, une d'Isabeau Delespine, une de Meillieur) et vingt-huit autres à divers de l'archevêque d'Arles, du capucin Denys d'Avignon, et une de Nicolas Rigault au cardinal Bagni. — Le ms. Barberini XLIII, 84, contient vingt-neuf lettres du P. Annat, de Claude Bogrand, du P. Poussines et du capucin Grégoire de Rives, qui ont généralement peu d'intérêt.

[2] Cf. Delisle, *Le relieur Le Gascon et Peiresc* (1627) dans le Bulletin de la Société de l'histoire de Paris et de l'Ile de France, 1886, pp. 165-8. — Voici sur Le Gascon un témoignage probablement inconnu, celui de N. Rigault qui, dans une lettre à P. Dupuy, lui compare en ces termes un relieur de Toul : « Les Cravates nous ont rendu notre pauvre relieur par l'entremise du supérieur de nos bénédictins de St-Epure. Il m'a relié depuis un mois plus d'une douzaine de volumes in folio ; son ouvrage n'est pas si parfait que du Gascon, mais aussi l'ouvrier n'est pas si rogue ni si fier » (19 mai 1645). *Bibl. Nat.* Fds. Dupuy, 783, f. 166 verso.

[3] Voir à ce sujet les trois lettres de M. de Valavés au cardinal Barberini données ci-dessous.

[4] M. H. Omont a imprimé récemment dans son intéressante étude sur les manuscrits de Pacius chez Peiresc et Holstenius (Annales du Midi, III, 1, et à part) ce testament. Il est dans le ms. Barb., XXXVIII.

reine Christine à Holstenius. Archenhöltz n'en a publié qu'une, dont il existe diverses copies, notamment à la bibliothèque Corsini [1]. Cette lettre n'est qu'un de ces morceaux de

90, fol. 1 3. Ce manuscrit est intitulé : *Suæ aliarumque bibliothecarum catalogus, vel suâ manu, vel cura ejusdem exaratus.* Incipit ab indice codicum quos ipse bibliothecæ Vaticanæ vel Hamburgensi, Alexandro VII, vel cardinali nepoti, vel card. Francesco Barberini, vel Christianæ reginæ legavit. Les fol. 5-6 contiennent le catalogue de ses livres annotés : *Nota di alcuni libri del signor Holstenius più copiosamente postillati degli altri.* Au fol 9 commence le catalogue de la bibliothèque : Index Bibliothecæ suæ quam legavit Patribus Sancti Augustini Romæ ut adderetur Angelicæ. Le reste de ce manuscrit est rempli par des notes sur diverses séries de manuscrits, principalement de manuscrits grecs.

[1] Voir Bibl. Corsini, ms. 1330 (39 D 14) p. 92 : imprimé dans Archenhöltz, IV, p. 3. Comme les *Mémoires sur la reine Christine* sont peu accessibles et peu maniables, je reproduis ici le texte de cette lettre célèbre, écrite de Pesaro, en janvier 1657.

Monsieur Holstenio, je serais offensée des choses que vous avez écrites de moy à Monsieur le cardinal Omodei, si je ne considérois que vous vous êtes préjudicié plus à vous-même qu'à moy en me voulant faire passer pour savante. Mon ignorance vous donnera toujours un ample démentir, et je vous suis assez altérée pour avoir du déplaisir de vous voir puni par elle de la trop bonne opinion que vous avez de moy. Enfin vous ne pouvez vous justifier qu'en avouant que vous avez voulu me flater, et cela même vous rend criminel. A quoy vous sert-il d'avoir étudié avec tant de soin les anciens philosophes si vous n'avez appris dans leurs écrits de quoi instruire les princes plutôt que de les flatter? Mais si vous avez quitté la secte de notre divin Platon pour celle d'Aristipe, au moins ne sortez pas de votre Vatican. Flatez les maîtres de Rome au lieu de perdre votre temps auprès de ceux qui ont besoin d'être instruits et non pas flattés de vous. A quoi sert-il de me faire passer pour savante, si je ne le suis pas? Souvenez-vous qu'Aristippe même n'a jamais flatté que ceux de qui il pouvoit tirer quelque profit. C'est ainsi qu'il croyait être permis au sage d'être non seulement flateur, mais voleur, menteur, homicide et adultère quand l'occasion s'en présentait. Je ne blâme donc pas en vous la flatterie, mais je vous blâme d'avoir mal adressé vos flatteries, car en me publiant pour savante, qui vous pourra croire si moy même je ne vous crois pas? L'autre jour en m'occupant à rien faire, il me souvint d'un épigramme grec que j'ay trouvé beau, mais ne me souvenant pas que du sens de cet épigramme, je désire que vous me le cherchiez. Le sens est que le poëte, dans le transport de sa passion, souhaite de se transformer dans le firmament, pour pouvoir jouir avec autant des yeux de la vue de l'amant qu'il y a des étoiles au ciel. Il donne le nom d'astre à la personne pour qui l'épigramme est fait. Voicy tout ce qu'il m'en souvient. Cherchez-le, je vous prie, et envoyez-le moi. Je ne me souviens pas où je l'ay vu,

littérature à la Voiture, que le dix-septième siècle appelait
d'élégants badinages, et qui nous semblent aujourd'hui le contraire de la légèreté et de l'esprit. Dans cette lettre, Christine
essaie de prouver son érudition à Holstenius, tout en lui dé-
clarant qu'elle est la plus ignorante des femmes. La reine de
Suède ne mériterait donc pas une mention spéciale parmi les
petits correspondants d'Holstenius, si l'on n'avait sur elle et
sur ses relations avec le géographe allemand d'autres témoignages. La plupart des érudits et des humanistes qu'elle at-
tira à la cour, Boulliau, Saumaise, Vossius, étaient les amis
d'Holstenius ; quelques-uns même avaient avec lui des relations épistolaires : on trouvera ci-dessous quelques documents relatifs à la cour littéraire de Christine, et à ses rapports avec ses gens de lettres[1]. Si Holstenius n'a pas connu
ces lettres elles-mêmes, il a dû en savoir le résumé essentiel
par ses conversations et ses correspondances. — Il reste de

mais je crois l'avoir vu ou dans Apulée, ou bien dans l'Anthologie grecque,
ou peut-être dans le cardinal Bessarion dans son Apologie de Platon,
puisqu'il y a des opinions parmi les anciens que cet épigramme est de ce
philosophe, quoiqu'il me semble que dans l'Anthologie il soit attribué à
Platon le comique. Si la mémoire ne me trompe, je crois encore l'avoir
vu dans Diogène Laërce, où je crois que cette question est disputée, parce-
qu'il veut nous faire accroire que Platon a brûlé ses poésies, lorsqu'il
s'est donné à l'étude de la philosophie. Je vous prie de me le chercher et
de me dire votre sentiment là-dessus. Je l'aurais cherché moy-même si
j'eusse eu des livres ici, mais dans Pesaro les noms de ces sortes de livres
sont des animaux aussi peu connus que les licornes. Mais quand j'aurais toute la bibliothèque du Vatican entre les mains, il ne me serviroit
qu'à me faire connoître les titres des belles choses que j'ignore. C'est
pourquoy je vous prie de ne faire plus, ni à vous ni à moy, le tort de me
faire passer pour savante. Au reste, s'il y a en moi quelque chose qui
puisse contribuer quelque chose à l'augmentation de la bibliothèque Vaticane, assurez-vous que je fairay tout ce qui dépendra de moy. J'espère
d'apporter bientôt à Rome mes livres qui sont ici avec moy. Mais je n'ay
pas voulu les desballer, jusqu'à ce que je pourrai les mettre entre vos
mains. Si vous les jugez dignes d'occuper un coin dans la Vaticane, ce me
sera un plaisir et une gloire les consacrer au public. Mais si vous voulez
être cru, il faut que vous parliez avec plus de vérité de ma bibliothèque
que vous ne parlez de moi. Adieu. Soyez assuré que je chérirai toujours
les occasions de vous faire connoistre l'estime que je fais de votre mérite. — Christine.

[1] Voir ci-dessous. *Documents littéraires sur Christine de Suède*

plus des relations d'Holstenius avec Christine un texte encore plus intéressant pour la biographie de l'helléniste : le journal du voyage qu'il fit en 1655 pour aller recevoir la profession de foi catholique de la reine de Suède à Insprück, et pour l'escorter jusqu'aux portes de Rome à Città di Castello [1]. Dans cette société de près de six semaines, des relations de familiarité littéraire s'établirent forcément entre eux. A Rome, quand Christine se constitua une seconde cour littéraire, Holstenius en fut naturellement, comme en furent plus tard Suarès, le P. Poussines, le cardinal Noris, Caton de Court, Ridolfi. Emmanuel de Schelstrate. [2] Ce fut lui qui classa la bibliothèque de la reine et catalogua les 2.145 manuscrits qu'elle avait rapportés de Suède, des Pays-Bas et de France [3]. Elle l'autorisa à s'en servir pour ses études; par reconnaissance il lui légua quelques-uns de ses propres manuscrits [4] et fit dans son testament une fondation en faveur des Suédois catholiques pauvres qui pouvaient se trouver à Rome. On peut donc considérer Christine de Suède comme un des amis les plus intéressants de l'helléniste allemand.

On voit, par les indications qui précèdent, quels renseignements l'histoire littéraire et la biographie peuvent puiser dans la partie actuellement accessible de la correspondance d'Holstenius. Ses débris ne sont pas suffisants pour permettre, à eux seuls, de reconstituer le tableau exact et complet de ce groupe

[1] En voir le texte ci-dessous.

[2] Voir sur Suarès, dans mes *Documents annotés*. III. Quelques lettres à J. M. Suarès, Sur Noris, *Ibid*, VIII. Lettres de Nicaise, et mon étude sur *Le cardinal Noris et sa correspondance* (un vol. in 4°. Paris, Picard, 1890). — Caton de Court est un érudit dijonnais, souvent cité dans les lettres de Nicaise, Schelstrate fut custode de la Vaticane sous le cardinal Casanata. et s'occupait d'antiquités chrétiennes. Il y a à la bibliothèque Angélique des lettres inédites de lui.

[3] Ils forment aujourd'hui. sous le nom de *Codices Reginenses*, un des quatre grands fonds de manuscrits de la Vaticane.. Il y en a à la bibliothèque de l'École Française de Rome un inventaire sommaire (manuscrit) sur fiches.

[4] Un Lycophron avec le commentaire de Tzetzès (grec) deux volumes des Instructions de Mr Azzori. quatre volumes d'Onofrio Panvini (vies des Papes et histoire des basiliques de Latran et de St-Pierre et un manuscrit de petits géographes grecs.

de savants, mais ils seront indispensables à qui voudra décrire cette société littéraire et polie, si mêlée et singulière, où, à côté de magistrats lettrés comme Peiresc, les Dupuy, De Thou, N. Rigault, de gentilshommes instruits comme Cassiano del Pozzo et Aléandro, ont figuré, autour d'Holstenius, des coureurs d'aventures comme Fontenay-Bouchard et Campanella, une royale déclassée comme Christine ; société dont le seul lien véritable a été le goût commun de l'érudition, et à qui son zèle scientifique, plus encore que la critique et la valeur de ses travaux, mérite qu'on fasse une petite place sur les marges de l'histoire littéraire du XVIIe sièle.

LETTRES INÉDITES ADRESSÉES A HOLSTENIUS

1

ALBINI A HOLSTENIUS [1]

[Bibl. Barb.. XXXI.65]

(Sans suscription)

Reverendissime D. Holsteini patrone, in œternum colende,

Quanto gaudio perspectis R. V. litteris fuerim perfusus scribere haud possum, memor nostræ veteris necessitudinis in juvenili ætate in schola Hamburgensium patria, sub Sperlingio rectore et Husweddio correctore, ut meritò exclamem de tua Reverentia : « Laudetur Deus in operibus suis! » animoque devoto gratuler, quod is qui incœpit tale opus perficiat ad nominis sanctissimi ipsius gloriam meique et sympatriotarum promotionem. Meam tenuitatem quod attinet, apud nostrum Abundium Diogenem in dolio ago, cum fortunæ adversæ velis in peregrinationis et vitæ militaris pelago circumductus ad portum tranquillitatis hoc passu aspirarim. Deus pro sua beni-

---

[1] Ce Giacomo Albini m'est inconnu.

gnitate nobis ab omni parte sua gratia adsit, omnesque nostras actiones ad finem exoptatum dirigat. Ita precor Vestra Reverentia valeat et JACOBUM ALBINI sibi recommendatum habeat.

Hamburgi, 29 aprilis (9 maii) 1646.

2

M. GOLCKARD DE BERKHOUT A HOLSTENIUS

(Bibl. Barberini, XLIIII,76)

Suscription : Il molto ill^re s[igno]re patron mio oss[ervandisi]mo. Il s[igno]r Luca de Holstein, gentilhomo tedesco in corte dell' eminentissimo s[igno]r cardinale Barberini, Roma.

L'honneur que j'ay eu quelquefois de vostre désirable et docte compagnie m'a donné la confiance de vous escrire si familièrement au long de mes affaires. A cest heure que il s^r Lancellotto Lancellotti m'a escrit que je ne suis plus en l'honneur de vostre mesmoire, j'ay repentance de ma faulte, de ce que j'ai usé de tant de franchise et liberté à l'hollandaise à l'endroit de votre personne, et pour cela vous demande pardon, si je vous ay offencé, avec cette mesme liberté, laquelle n'est procédé sinon d'une sincère affection, avecq laquelle je révère et honore les personnes de votre mérite. Il arrive bien souvent qu'on s'oublie des noms des personnes lesquels au visage on recognoistroit tout aussi tost. Au temps que à Leyden vous demeurâtes avec monsieur Hess, il me souvient fort bien vous avoir veu et parlé souventefois en la maison de Msr Vossius[1], où que je fus alors en pension ensemble avec Msr Doublet de la Haye[2]; j'ay eu amitié avec messieurs Hess, et sommes allés souventefois, comme vous sçavez, à boire et nous resjouir studentizäo ensemble; monsieur son père,

[1] Gerard Jean Vossius (1577-1649) cf. une note des Amis d'Holstenius, II, p. 53.

[2] Je manque de renseignements sur M. Doublet de la Haye, ainsi que sur MM. Hess, Vosbergen, Vinburgh d'Alcmaer, Breil et Pescador, dont il est fort possible que les noms aient été dénaturés par l'écrivain, selon l'usage répandu de cette époque.

msr Vosherghen, conseiller du prince d'Orange, et mon père, conseiller de la cour de Hollande, ont esté très grands amis ensemble. Après j'ay eu l'honneur de vous voir et parler souventefois avec mon camarade, Msr Vinburg d'Alemaer, (de qui Dieu aie l'âme) et oultre nos familiers discours de la religion catholique, et de l'affection que Sa Sainteté porte aux Hollandais, il me souvient fort bien que vous me fîtes offerte de la libre entrée à la Bibliothèque Vaticane pour le pouvoir que vous y avez, et des autres courtoisies lesquelles m'ont obligé à jamais estre le vostre. Il me souvient aussi en vostre griefve maladie de Rome d'avoir fait mon debvoir de vous estre venu voir, et par votre faveur y avoir esté courtoisement receu. Pour plus d'information je vous dirois bien de vous digner à vous informer de Msr Breil ou Msr Pescador de mon nom, mais parce que je ne vouldrois pas que eux ni aulcun autre sçachassent *(sic)* cette mienne négotiation devant que je l'eusse entièrement obtenue, je vous prierai de vouloir tenir secret tout cest affaire. Pour le reste, n'ayez point de scrupule, parce que je suis d'Hollande, de favoriser mon affaire, puisque en cincq ans et davantage que jai esté en Italie et par le monde jay appris d'estre politique. « Homo est animal politicus. » Et pour cela je scay fort bien m'accommoder aux usages du païs et humeurs des personnes. En oultre, on dict que les hommes se rencontrent, mais non pas les montagnes ; et pour cela, je veux espérer que Dieu me fera naistre l'occasion de m'en pouvoir revenger vers vous de tant de benéfices. Faites-moi l'honneur au moins de me rescrire, parce que, à ceste mienne longue enclose dedans la lettre de MM. Brancaccio où je fais récit de toute mon affaire, je n'ai eu aulcune response de vous. Je seray en grande attente de sçavoir de vos agréables nouvelles. Cependant demeureray de cœur et d'affection come j'ay toujours esté, Monsieur, votre humble et très obéissant serviteur,

Van BERCKHOUT.

Inclyta atque illustrissima natio Germanica me elegit consiliarum et nationis caput, quamvis indignum.

3

M. DE SOUVRÉ [1], ÉVÊQUE D'AUXERRE A HOLSTENIUS

[Bibl. Barberini, XLIII, 176]

(de Paris, ce XV avril, 1628)

Suscription : A Monsieur, | M. Holstenius, | soubs-biblio
théquaire de notre St-Père le Pape, à Rome.

..... — Pour ce livre de Du Moulin [2], je vous dirai que
le clergé n'a jamais pensé de donner la commission d'y répondre au sieur Angé, apologiste de Balzac. Il n'a ny le sens,
ni la suffisance, ny l'autorité de parler au nom de l'Eglise.
Les personnes que vous avez nommées, sçavoir le Père Sir-
mon et le P. Goulu, seroient les plus propres de tout ce qui
est en le Roiaume [3]. Le livre n'est point si difficile que, si je
me pouvais donner le loisir, je ne creusse en venir à bout. Il
n'est question que de questions de fait, qui ne consistent qu'au
travail de confronter les passages et les transcrire. Pour Monsieur d'Orléans [4], le peu de temps qui se donne et l'incon-
stance de son esprit feroient que je ne luy donnerois pas ma
voix pour parachever ce grand œuvre. Monsieur de Nantes
est plus propre pour exaggérer les choses déjà crues, comme
eslever le mystère de l'Incarnation, que pour poser des fon-
dements. Pour convaincre les mescréants, M. de Chartres a
montré, en cette dernière assemblée, ce qu'il pouvoit faire,
et pour ce couper court, je ne crois pas qu'on y pense. Ad-

---

[1] Gilles de Souvré, évêque d'Auxerre en 1625, mort en 1631, après
la mort de qui son *Alcoran* fut acheté par Peiresc.

[2] Ce livre du polémiste P. du Moulin (1568-1658) est son *Traité de la
vocation des Ministres*

[3] Sur J. Sirmond (1559-1651), cf *Ibid.*, II, p. 40. — Le P. Goulu (Jean),
d'abord avocat, puis feuillant sous le nom de Jean de Saint-François et
général de la Congrégation, mort en 1629. C'est lui qui fut chargé de la
réponse à Du Moulin.

[4] Monsieur d'Orléans n'est autre que Gabriel de l'Aubespine, sur
lequel il faut voir Tamizey, *Correspondants de Peiresc*, VII. On remar-
quera la sévérité de M. de Souvré pour son confrère.

joustez à ceux que nous avez nommés, un autre que *(sic)* M.
l'abbé de St-Cyran [1], qui est un homme qui les peut égaler
tous les deux en mérite. Je vous prie de tenir tout cecy secret
[.....] Je vous prie [.....] de mettre vos lettres entre les
mains de Mr Marescot, secrétaire de M^r l'ambassadeur de
France [.....].

4

LE MÊME AU MÊME

[Ibid]

d'Auxerre, ce 29 juin 1629

Suscription : A M. | M. Holstein | à Rome.

Monsieur, je vous remercie [.....] principalement de ce
que vous me mandez du bruit qui court où vous estes, que je
songe sérieusement à me défaire de mon évesché. De quoy
je vous veux très particulièrement informer, et vous supplier
de détromper tous ceux qui auraient pris quelque mauvayse
impression de moy de ce côté là. Il est donc vrai que j'avais
traicté avec M. de Béthune, évesque de Baionne [2], pour mon
évesché, lequel men donnoit une si grande récompense, que
[croiois] par ce moien avoir l'archevesché de Tours [3], et unne
abaie de 7 à 8 mille livres de rente ; de plus et aussi, je me
mestois en état de servir plus utilement et plus fructueuse-
ment que je ne feray, étant seulement evesque. Ne croiez jamais que la fainéantise me porte à cette résolution ; au contraire, je désire avec passion travailler toute ma vie ; encores
moins l'humeur des Bourguignons qui me défèrent de telle
sorte que j'en suis très satisfaict, et tant s'en faut que je ne

---

[1] L'abbé de Saint-Cyran, Duvergier de Hauranne, est trop connu pour
qu'il soit utile d'en parler ici.

[2] Henri de Béthune, né à Rome 1604, pendant l'ambassade de son
père, nommé à l'evesché de Bayonne en 1626, evêque de Maillezais en
1629, archevêque de Bordeaux en 1646, mort le 11 mai 1680.

[3] On peut noter cet ingénu témoignage du trafic des diocèses au
XVIIe siècle.

puisse compatir avec eux que maintenant ils sont plus civils
et plus gens de bien que je n'eusse jamais pu l'espérer[1].....

5

L'ABBÉ POUPART A HOLSTENIUS
[Ibid., XLIII, 176]

A M. M. Holstenius, soubs-bibliothéquaire du Pape et Chanoine de Saint-Pierre à Rome

A Paris, ce 4 septembre 1648.

Monsieur, vous ne sçauriez vous imaginer la grande joye
que j'ay receu en moi mesme d'entendre parler de vostre nom,
le longtemps qu'il y a que je n'ay eu de vos nouvelles et que
vous faictes votre séjour à Rome n'ayant en façon quelcon-
que diminué l'estime que j'ay toujours faict de votre personne
et l'affection que j'ay pour vostre service. Depuis la mort de
feu Mgr de Souvré, évêque d'Auxerre, qui vous chérissoit
tant, je me suis attaché auprès de Monsieur le bailli de Souvré
son frère, qui est icy ambassadeur de Malte auprès du Roy[2],
et maintenant extraordinaire vers Messieurs les États d'Hollande ; et lui ayant esté mandé de Malte par Son Eminence
Mgr le Grand Maître, qu'il falloit qu'il s'adressât en ces pays-
là à Mgr de la Torre, archevesque d'Ephèse, vicaire du Saint-
Siège dans les Provinces-Unies, pour renouer un ancien
traité, commencé il y a huit ans par l'establissement d'une colonie de marchands Hollandais catholiques dans l'isle de Malte,
et que c'estoit par votre moien, qui aviet *(sic)* travaillé à cela
et en aviet esté le médiateur, votre nom à l'instant ma revillé
(sic) et me suis persuadé que vous seriez peut être bien aise de

---

[1] Il y a (Bibl. Barberini, XLIII, 176) une autre lettre de l'évêque d'Auxerre, datée de Paris, ce 27 de l'an 1625 (sic : c'est-à-dire probablement 27
janvier, selon l'usage assez souvent constaté chez les érudits du temps
de supprimer la mention du mois dans les dates quand il s'agit du mois
de janvier) et adressée à M. Holstein, chez monseigneur le cardinal Barberini, à Rome.

[2] Le bailli de Souvré est Jacques, grand prieur de France en 1667, mort
en 1670. Il fut lieutenant général des galères de France en 1646.

continuer cette négotiation et d'en avoir cognoissance pour y
travailler, au cas que mondit seigneur le bailli de Souvré ne
l'achève pas. Je lui ai mandé en Hollande que je vous en
écrivais afin de disposer votre esprit à cela, vous suppliant de
croire que j'ay toujours eu une très particulière inclination
pour vous, qui m'avez fait l'honneur de m'écrire quelquefois
en latin, et, s'il vous plaist de me faire response, ce sera en
telle langue qu'il vous plaira, en donnant votre lettre à
M. Lambin pour la faire remettre dans le paquet de M. Pari-
sot, banquier à Paris, vous assurant que je serai toute ma
vie, du brave Monsieur Holstenius, Monsieur, le très humble
et très affectionné serviteur et passionné ami, POUPART, ci-
devant secrétaire de M. d'Auxerre.

6

CRAMOISY A HOLSTENIUS

[Bibl. Barb., XLIII, 176]

A Monsieur, Monsieur Holstenius, à Rome.

Monsieur, ayant besoin de quelque argent en vos quartiers, je vous ai fait ce mot pour vous prier de payer au
R. P. Charlet la somme de 61 livres 2 sols que vous me
devez pour les livres que je vous ay envoyé le 20e juillet
1634, et vous tirerez un receu dudit R. Père qu'il vous plaira
m'envoyer. Sur l'espérance que j'ay que vous ne manquerez
à satisfaire audit R. Père la somme donnée, je vous assurerai
que je suis et serai toujours Monsieur, votre très humble
serviteur, CRAMOISY [1].

De Paris, ce 20 novembre 1635.

[1] Sur Seb. Cramoisy (1585-1669), premier directeur de l'Imprimerie
royale. cf. *ibid*. II. Les frères Dupuy, p. 41. et Aug. Bernard, *Histoir*
de l'Imprimerie royale.

7

LE MÊME AU MÊME

[Bibl. Barb., XLIII, 176]

I

A Monsieur | Monsieur Holstenius | à Rome

De Paris, ce 17 juin 1636.

Y ayant longtemps que je n'ai eu de vos nouvelles, je vous écry ce mot pour en apprendre, et pour vous donner avis que dans la balle que j'envoie au sieur Herman Scheur, j'ai mis un petit paquet, dans lequel il y a deux livres nouveaux du R. P. Petau, que je vous prierai avoir pour agréables, et, si en quelque chose de par deça, je [puis] vous servir, disposez librement de celui que vous savez être, etc.

8

LE MÊME AU CARDINAL BARBERINI [1].

[Ibid., XLIII, 176.]

[Sans suscription.]

Monseigneur,

Ce m'a esté un très grand ressentiment de votre bonté ordinaire de ce que V. E. ait daigné recevoir en bonne part cette *Paraphrase du Pseaume* par le P. Petau, [2] de la réception de laquelle je vous ay très grande obligation.... Je veux tant espérer de V. E. qu'elle ne recevra pas avec moins d'af-

[1] Il y a quarante-trois lettres de Cramoisy à Holstenius, dans le ms Barb. XLIII, 176, de 1627 à 1650 environ, et une au cardinal Barberini, contenant une liste de livres, datée du 23 décembre 1644. Il y a quatorze lettres de Cramoisy à Holstenius, dans le ms. Barb. XLIII, 85. Il m'a paru suffisant d'en citer deux ou trois pour donner un spécimen du style de ce célèbre imprimeur.

[2] Denis Petau (1583-1652), érudit et bibliophile, dont les manuscrits ont contribué à enrichir la bibliothèque de la reine Christine.

fection deux autres livres que j'ai nouvellement imprimés,
intitulés l'un *Notitia utriusque Vasconiæ* et l'autre *De Academia
Parisiensi*, sous deux reliures, que j'ai mis en une caisse adressée au R. P. Estroc, qui ne manquera à la réception d'icelle
de la présenter à V. E., et que je supplie humblement de
recevoir favorablement.

9

L'ABBÉ DE BARCLAY A HOLSTENIUS. [1]

[Bibl. Barb., XLIII, 85.]

A M. M. Holstenius, chanoine de Saint-Pierre, à Rome.

Monsieur,

Je me trouve en cette court où le nom que je porte est en
tel estime près les personnes d'honneur, que j'en reçois tout
le contentement que je puis désirer. Quoique vous en soiès
éloinié *(sic)*, vous connoissan pour tel et qui aimés les lettres,
je m'assure que m'obligerès bien de remettre les livres que
sçavez entre les mains de ce prélat qui s'offre de vous en
donner l'argent, ou bien de me mander ce que vous en voulez,
et vous l'envoiray aussitôt, si vous en voulès de semblables
ou d'autres. Je suis en lieu où je vous y peus servir, mais
pour ceux-là vous sçavez la cause pour laquelle je le désire.
Je ne manque pas d'amis et de parans de considération, par
la main desquels je vous pourray tesmoigner, si l'occasion
s'an présante, que je suis de tout mon cœur, Monsieur, votre
bien humble et affectionné serviteur,

L'abbé de BARCLAY,

J'atans response et vous supplie que ce soit au plus tôt.

A Paris, ce 14 may 1646.

---

[1] L'abbé de Barclay, fils de l'auteur de l'«Argenis», beau-frère de M. de
Bonnaire, le correspondant romain de Peiresc, ami lui-même de Peiresc
et des Dupuy. Cf. sur lui les mille renseignements épars dans les lettres
de Peiresc aux Dupuy et dans celles de Balthazar de Vias.

10

LE MÊME AU MÊME.

[Ibid., XLIII, 85.]

(Même suscription.)

Mgr Segni m'escrit qu'il a plusieurs fois fait instance pour ces livres et qu'il le fera de nouveau. Je vous en ay escrit, et il me semble que ne me degniez respondre, ce qui me mortifieroit, si les autres en faisoint de mesme. Je vous prie me mander ce que vous voulez que je vous envoie de plus et vous le feray tenir ponctuellement; mais je vous assure que cela n'est agréable ni à Dieu ni aux hommes de vouloir retenir le bien d'un homme qui désire vous donner plus que cela ne vaut et tout ce que demanderez pour le ravoir. Dieu ne permettera qu'on aie le contentement que *paucis*, et peut estre que come les choses du monde changent, il vous desplaira de m'avoir sans cause donné ce desplaisir. Je vous prie de ne le faire, mais de me doner occasion de me dire,

Votre bien humble et très affectionné serviteur,

DE BARCLAY.

A Paris, ce 13 juillet 1646.

11

LETTRE DE CH. HERSENT A HOLSTENIUS.

[Ibid., XLIII, 85]

A Monsieur | Monsieur Olstein, chanoine | de Saint-Pierre de Rome | et auditeur de l'éminentissime | cardinal François Barbarin | à Rome.

Monsieur, l'honnêteté qu'il vous a pleu me faire depuis trente années déjà me donne, s'il vous plaist, la liberté de vous faire deux très humbles prières, l'une pour l'un de mes amis qui est M. l'abbé de Tournemine, qui est de condition et de naissance, qui aura l'honneur de vous présenter celle-cy, qui a une affaire en court de Rome qui lui est de grande

conséquence, qu'il vous dira si vous lui faictes la grâce de
l'écouter, laquelle je recommande à votre charité et courtoisie, particulièrement auprès de Mgr l'éminentissime cardinal
M. François Barberin ; l'autre pour moy, pour laquelle je vous
supplie très affectueusement, monsieur, de me prester du secours et de l'assistance auprès de sa dicte Éminence, auprès
de Mgr Albissy, et autres de vos amys, qui est que par leur
moyen, authorité et crédit, je puisse être absous de la censure
ou sentence donnée par contumace contre moy au Saint Office
pour avoir fait imprimer le sermon que je fist à Saint-Louis,
l'an 1650, et je vous prie de dire aux dictes singulières personnes que le dict sermon avec son épistre ayant été imprimé
(sic) en vertu de l'approbation et permission d'un permis qui
me fut concédé par le maistre du Sacré Palais ; que néanmoins
s'il se trouve dans le dict sermon et épistre quelque chose
qui soit au contraire aux bulles des papes et aux dogmes et
décrets du Saint Siège, que je suis prêt à les condamner et
renier, ou à Rome par un procureur, ou à Paris entre les
mains de Mgr Bagni, nonce de S. S. en [France]¹ qu'il plaira à
S. S. lui envoyer pour recevoir de moy les dictes soumissions
et la dicte profession de foy, et en conséquence me donner la
grâce de l'absolution, comme je suis dans l'empressement
de me bien remettre avec le saint Siège. Je vous prie de, etc.

Charles HERSENT, prestre et prédicateur.

12

ERNEST DE HOHENSBRUCK A HOLSTENIUS.

[Ibid., XLIII, 85.]
[Sans suscription.[

Hildesheim, ce 7/17 febv. 1653.

La letre que pleu à Vore Excellence m'écrire le 22 gen/1
febv. m'a esté délivré par le père recteur le 5/15 de ce mois.
J'entens volontier qu'elle a escrit au Pape et qu'elle désire

---

¹ Plusieurs mots manquent. Le sens est probablement : *selon l'instruction.*

que le tout soit tenu en secret, jusques à ce que de Rome on
soit assuré. J'attenderay ce que de Rome me pleura com-
muniquer et puis fermement assurer qu'avec personne n'ay
parlé de cette affaire que a V. E. en présence de M. de Bo-
choltz-Thumbluster et au mondit pére, quand il a deslivré les
lettres. Je prie V. E. de me perdonner de ce que je n'ay
ausi tost envoyé ce que j'avois promis. Elle recevera cy-joint,
la capitulation de mon antécesseur qui a obtenu du Pape par
intercession d'Ernest, électeur de Cologne, que la prevosté
est élective au temps du pape Clément *certis conditionibus*. Il
serviroit grandement en cest affaire, si V. E. faisoit rechercher ces indultes et despesches. Pour tenir le secret, j'ai
tardé et ne puis pour le même subject maintenant envoyer
le reste. Je le feray au plus tôt que sera possible, et baise
très humblement les mains, qui suis De V. E. Très humble et
très obéissant serviteur.

Ern. DE HOENSBRUCK.

13

DE RECHEIN A HOLSTENIUS [1]

[Bibl. Barb., XLIII, 176]

(Sans suscription)

Monsieur,

J'ai recherché l'occasion tous ces jours passés de parler à
Mgr le cardinal, mais l'ayant tousiours trouvé occupé ou
sorti, je n'ai pu l'adviser de ce qui se présentait touchant
l'affaire que vous savez. Mesme à vous je n'ay pu vous dire
ce que je dessirois, auparavant la comédie où nous fumes.
Pour suppléer à cela j'ai jugé de vous en descrire le subject
en ces lignes : c'est qu'après avoir fait connaître à M. le
Prince le advantage pour sa maison que seroit, si, ensuitte du
desir que désià il a, il se faisoit chevalier de Malte ; il me dit

---

[1] Dans les lettres de Rechein, comme dans la précédente, en raison
de l'origine étrangère de l'auteur, il m'a paru intéressant de respecter
fidèlement la syntaxe et l'orthographe des originaux.

que désià son père avait proposé de faire chevalier son frère,
l'asseurant d'avoire tous les biens qui sont de la religion sous
les hérétiques en Alemagne, mais que, néanmoins, il s'en estoit rencontré quelque difficulté. Sur quoi je pris occasion de
lui représenter les partis advantageux que lui pourrait estre
fait des biens dont la Religion est en possession sans contre-
dit, et que je savais que Mgr le cardinal vous avait dit cela,
comme sçavez ; et que d'abord, s'il voulait, il auroit une ga-
laire armée (comme je savais qu'il désiroit), et que c'estoit
un moyen de faire connoistre que ce n'estoit pas pour avoir
ses aises qu'il désiroit la croix, et que c'estoit aussi comme
vouloire acquérir par service ce que la Religion lui pouroit
donner. Il me tesmoigna là-dessus un contentement extresme,
et qu'il se laisseroit instruire sur ce à quoi l'obligeaient les
vœux de Malte. Sur ce, je fus trois jours sans pouvoire parler au cardinal ni vous faire venire commencer à instruire
sur ce point. Entre-temps je ne ne sçay s'il a parlé de cette
affaire à son magior d'home *(sic)*. Tant y a, qu'auparavant
d'aller à la comédie, il me dit que je ne l'engagasse *(sic)* pas
trop advant avecque le seigneur Cardinal sur cette affaire,
et qu'il estoit bien adverti que tout notre dessein ne pouroit réussir s'il ne se faisoit catholique, et que contre sa
conscience jamais il ne le feroit. Je luy respondis que je
m'estonnois fort d'un si prompt sangement, puisqu'il m'avait
prié, lui-mesme, d'en parler au cardinal, et qu'il ne devoit
pas en parler à personne comme il m'avoit promis ; que je
reconnoissois bien qu'il s'était confessé à des gens qui ne dé-
siroient pas d'avoire subject de saretter beaucoup icy, et qui
n'aloient sur un autre fondement que leur intérêt ; qu'il ne devoit pas s'arester à cela ; que si. dans l'instruction que l'on
lui feroit des vœux, il trouvoit de la difficulté, j'estois bien
asseuré qu'il en seroit facilement esclairci, et qu'ils ne conte-
noient rien qui ne fust aprouvé des hérétiques mesme ; que
pour les principeaux points de la religion, s'il ne les pouvoit
comprendre ou ne les vouloit advouer, qu'il estoit toujours
en sa liberté de le laisser. Il me dit sur cela qu'il estoit con-
tent d'en venir en discours avecque vous, et qu'il voudroit
bien avoire par escrit la dessine de quelques points qu'il feroit
proposer par son magior d'home. Mais je lui dis qu'il ne seroit

pas convenient, d'autant qu'isceluy se serviroit d'opigna-
treté quant la raison lui manqueroit, et ensuite de cella qu'il
hateroit le départ; que néanmoins facilement, en particulier,
je luy en feroys donner les résolutions en l'absence de S. Exc.,
d'autant qu'en sa présence nos dessins deviendroient trop publics. Il me tesmoigna encores en tout cela de ne point
désapprouver mon dire. Or, je l'ay sceu de lui et mesme de
ses gens, que dimanche, portant un présent de la part du seigneur cardinal, vous disputâtes de religion, et havez si bien
réussi qu'ils ont tous confessé que vous leur avés alégué de
fortes raisons. Là dessus j'eusse bien voulu trouver ocation
de vous faire derechef venire pour bater *(sic)* le fer pendant
qu'il est cho. mais vous n'estiez au logis, *(sic)*, qui fust lundi. Sur
quoy, entre temps, j'ay trouvé moien de le mener hier au père
jésuite pour l'entretenir, toujours sur des prétextes comme ce-
luy-là à le mener et avoire les occasion de l'entretenir quant
on veut et pour ne perdre temps. Je voderois qu'ensuitte de
cela vous veniez le voire sur les 20[1] pour le mener voire le
palais Barberini, et ne perdez l'ocation de luy parler à toutte
les occations; si j'y suis, je tascherai d'en faire venir le discours à propos. Je me remets à vous dire plus de particularités quant nous nous voirons. Il me desplait de ne point avoir
peu en parler à S. E. et croirois à propos de lui en donner
quelque information, mais puisque ses occupations rent si
difficile cet honneur, j'atendroi d'estre appelé pour quant il en
aurat le temps. et cependant je lui recommande, si notre affaire lui agrée, de ne perdre aucune ocasion à la soliciter,
car le magior d'homme presse le partement. Aussi je voderois
que moymesme il me fust donné conseil comme je dois faire
à l'advenir, et me bien servir du crédit que j'ay acquis en
l'opinion de ce prince. Excusez-moi si je vous envoie cet écrit
si brouillé. Je n'ay pas le loisir de le refaire. Je suis, Monsieur, votre très affectionné serviteur.

Le Co. (sic) Ferd. de Recheim.

De mon logis en Rome, ce 29 d'aoust 1636.

[1] Dans la division italienne du jour en 24 heures, commençant à l'an-
gélus du soir, 20 heures en août correspond à 3 heures de l'après-midi.

14

[Ibid., XLIII, 176]

A monsieur | monsieur Holstenius | à Montcaval.

Monsieur, je me suis trouvé au palais à l'heure que vous m'aviez conseillé et j'ay parlé au cardinal. Mais, comme je n'ay eu le loisir de lui rien dire touchant ce que savez, il m'a remis à un autre jour et me semble qu'il a dit demain. De quoy j'ay jugé à propos de vous adviser, affin que, s'il venoit à vous en parler, il vous pleuse de m'en aviser, ou quant il vous en semble qu'autrement je me dois présenter. Aussi je vous supplie, sy vous en trouvez l'occasion, de faire souvenir à Son Eminence qu'il me dit qu'en une préhante qui vaque à Cambray il voiroit s'il pouroit me faire la grâce que je luy en ay demandé. Je ne voderois pas pourtant qu'il creuse que j'ay reserché de luy parler pour cet interest, car c'est par hasart que je suis été adverti de cette vaquante. J'ay eu un tel discours cejourd'hui avec le Lantgrave que j'en espère notre entreprise assez facilitée. Aussi peut-estre vous ira-t-il voire demain, de quoi je vous aviserez auparavant. Je suis, etc.

Le Co. Ferdinand de Recheim.

Vous pouvez de bouche confier la response de cette (sic) au porteur.

15

[Ibid., XLIII, 176]

(Sans suscription)

En suite de l'amitié que nous avons contractée, je suis si dessireux de continuer avec vous la correspondance et affection que nous avons contractée par ensemble à Rome, que maiant été advisé que vous m'avez écrit, quoyque je n'ay pas receu votre lettre, je vous renouvelle par celle-ci l'assurance de mes services et de l'estime que je fais de vos mérites, vous conjurant à en faire de même en mon endroit touchant les nouvelles de ce pays. Je m'en remets aux advis que nouvellement vous avez du cardinal Ginetti. Mais ce qui se passe en votre coint, je vous prie de m'en descrire les particularités vous même. Car vous savez que nous y avons un particulier intérêt, principalement en ce qui concerne la continuation des prospérités de la conversion de S. E. le lantgrave de Hesse, en laquelle aiant tous deux contribué notre possible, vous ne devez pas douter de la satisfaction que j'orez lors que vous prendrez cette peine. Aussi les obligations que j'ay à S. E. le cardinal Barberim, notre patron, m'oblige et me fait souhaiter par mesme moien d'apprendre l'état de sa convalescens. J'ay un resentiment nompareil de l'honneur que de rechef elle mat *(sic)* fait par celle qu'elle escrit au cardinal Ginetti en ma faveur, et vous supplie de l'en remercier et lui faire très humble révérence de ma part, avec assurance que je continuerez toute ma vie à honorer la maison Barbarine, de mesme que je fais S. E. Sur quoi je fais fin, vous asscurant, etc.

De Recheim, ce 13e de mars 1637.

FERD., comte de RECHEIM.

16

[Ibid. XLIII, 176],

A Monsieur, | Monsieur | Lucas Holstenio, chanoine de St-Cerion & domestique de l'éminentissime, Cardinal patron. Rome.

Monsieur,

Je fais tant d'estat de vos lettres et de la continuation de notre correspondance que je n'ay pas voulu remettre par l'autre courrier à répondre à la votre que j'ai receue bien tard en date du 5 de may. Je me réjouis de votre acheminement vers Malte et souhaite que cette lettre vous trouve de retour à Rome, aveque l'accomplissement de ce que désire S. E. le Lantgraff, en tout ce qui peut luy arriver de progrès dans le commandement qu'il lui pouroit estre donné des galaires. Je vous supplie cependant de me recomender en ses bonnes grâces et me continuer les vostres. Je suis, etc.

FERDINAND COMTE DE RECHEIM.

Bruxelles, ce 16 de Juin 1637.

17

[Ibid., XLIII. 176]

A Monsieur, Monsieur Lucas Hostein estant présentement avecque le prince Fredericq, landtgrave de Hessen, à Malte.

Monsieur,

Après avoir esté quelque temps sans vous escrire, je me viens renouveller en votre souvenir, pour vous convier en eschange de me mander des nouvelles de Son Excellence le Landtgrave, d'iceulx de sa suite, et particulièrement de vous, car depuis un heureux effect qui s'est en partie acheminé par le soing que nous y avons porté ensemble, je fais estat que doresnavant nous nous debvons aimer comme frères, ce que je vous offre et promects de ma part en toute sincérité. Peut estre qu'à Coulogne nous le pourrons ratifier, si un jour vous y venez habiter comme j'espère. Cependant si vous estes encore à Malte, je vous prie de faire souvenir à S. E. que je lui ay prié et mesme dernièrement écrit qu'il luy plaise de s'informer si l'éminentissime grand maître ne m'a pas envoyé son pourtrait avec la croix de Malte, affin que, cela n'estant, il luy plaise de me le faire avoir, car c'est à dessein de la porter joincte au portraict dont S. E. m'at honoré, et veulx tesmoigner par cette marque que ce n'est pas sans juste subject que je me fais gloire de me déclarer son acquis et obligé serviteur. Je suis, monsieur, etc.

F. COMTE DE RECHEIM.

D'Hazzé, ce 16ᵐᵉ de Juillet 1637.

A votre retour à Rome, je vous prie de procurer que je puis avoir, par le moyen de S. E. le cardinal patron ou du prince landgrave, l'estampe des statues du marquis Justinian et autres semblables curiosités matématiques qui ne se peuvent trouver par autre moien.

18

Mémoire d'Holstenius pour le Prince Frederic de Hesse

[Bibl. Barberini, XXXI, 64]

Copia litterarum excellentissimi principis Frederici Landgravii Hessiæ ad fratrem.

Ilustrissime et celsissime princeps, frater dilectissime,

Proobnixo nostro erga Dil. V. obsequio et fraterni ac sinceri amoris affectu quo nunc in statu res nostræ versentur, et quæ nos caussæ in Italia etiamnunc detineant, in sinum tot tantisque benevolentiæ argumentis hucusque probatum amice ac confitenter deponere voluimus, ne forte longiori silentio in debitam Dominii Vestri observantiam officiumque nostrum peccare videremur. Cum superiori anno, perlustrato Neapolis et Siciliæ regno, in Melitam trajiceremus, ut et insulæ celeberrimæ situm et fortilitia portusque, natura atque arte munitissimos, perspiceremus, tam ut nobilissimum equitum ordinem, qui ea in insula sedem habet et ex illa Europæ adeoque totius christiani orbis propugnaculo adversus commune christiani nominis hostem excubat et sacræ illius atque inclytæ militiæ instituta coram cognosceremus, non solum mirifice nobis ordo ille equestris placuit, sed et vehemens animum nostrum desiderium subiit profitendi nominis inter tot (sic) inter selectum Europæ nobilitatis florem Christianæ religioni sponte sua devotum; neque parum adauxit nostrum hoc desiderium laudatissimi parentis nostri recordatio, qui non solum sui de eo ordine judicii affectusque testimonium luculentum ad omnem posteritatis memoriam extare voluit, sed, si salva religione potuisset fieri, libenter unum ex filiis ordini ipsi addixisset, quod nec Dominationem vestram latere certe scimus. Nobis vero, præter exemplum paternum, haud levi incitamento fuit insitum animo nostro et quidem propensissimum rei maritimæ militiæque navalis studium, quod Melitensi illo itinere non continuari solum, sed etiam crescere atque augeri majorem in modum sensimus. Incendebat

eodem tempore animum nostrum cogitatio. quantum istiusmodi militiæ professio præstaret bellis quæ patriam nostram miserrimam tot annorum lamena *(sic)* conficiunt, ubi,
christiani immemores nominis ac professionis suæ, mutuis
armis in proprium exitium grassantur ; neque trophæa,
quamvis illustria, ex patriæ ruinis cladibusque excita, cum
palmis ex barbarorum strage laudabiliter partis ullo genere
comparanda nobis videbantur. Accedebat et rerum privatarum consideratio quod, non solum decus fortiter ac præclare
agendo etiam hac ratione familiæ nostræ acquiri posset, sel
etiam domum Dominationis Vestræ calamitosis hisce patriæ
temporibus haud exiguo sumptuum onere sublevaturi videremur, si strenuis in hoc ordine laboribus ea nobis præsidia parare possemus quæ pia majorum nostrorum beneficentia religiosæ illius militiæ stipendia, et virtutis ac fortitudinis præmia constituit. Hæc cum simul animum nostrum subirent ac toti
in hujusmodi versaremur cogitatione, una se nobis (eaque, ut
videbatur, maxima) difficultas obtulit, quod ordo ille catholicæ
religioni Deique ecclesiæ propugnandæ ab apostolica sede institutus, non nisi catholicæ religionis sacramento eidem apostolicæ sedi conjunctos admitteret ; quo ipso nobis, extra catholicam ecclesiam educatis et Augustanam confessionem profitentibus, aditum ad illius dignitatem militiæ omnino præclusum
vidimus et, tacito quodam sensu, doluimus.

Sed cum deinde, æstate in Italia exacto, ad Urbem reverteremur, neque desiderium hoc nostrum lateret eos qui forte
Melitensis itineris comites nobis fuerant, et qui in Urbe obsequii et honoris causa quotidiè nos frequentabant, cumque per eos porrò principibus hujus curiæ nonnullis innotuisset, qui sua nos humanitate plurimum devinxerant, cœperunt illi hortari nos sedulo ut de catholicæ religionis veritate inspicienda cogitationem curamque susciperemus, quum
quidem eo in cardine non solum præsens nostra fortuna, sed,
quæ omnibus rebus caducis longe præciosior est, æterna
animi salus verteretur.

Atque id quidem ut faceremus eo nobis persuasere facilius,
quod, continua aliquot annorum inter catholicos conversatione et quamvis perfunctoria de rebus sacris collatione, jam
ante cœperamus perspicere multa ab Augustanæ confessio

nis ministris catholicæ religioni falso impingi, quæ, nullo veritatis fundamento subnixa, si vel obiter excutiantur, ultro
corruunt et per se evanescunt. Quædam etiam catholicorum
dogmata ut sequioris sæculi inventa falsitate insimulari, quæ
tamen, apertis sacræ scripturæ verbis et perpetuo antiquita-
tis consensu, ipsi catholici nullo negocio verissima esse evin-
cebant ; usus quoque et ceremonias apud nostrates vel abro-
gatas penitus vel superstitionis nomine traductas et ratione
probabili institutas, jam olim et pietati ac devotioni erga
Deum fovendæ unice facere liquidò cognoveramus [1]. Pro-
inde seriam tandem de re omnium maxima disquisitionem
cum viris doctis et probis super toto hoc religionis negocio
aggressuri, remota tantisper omni præconcepta opinione
partiumque studio, et omni humano respectu seposito, gratia Spiritus Sancti sollicita et ardenti oratione, a Deo, patre
luminum, nobis poposcimus ut, ipso duce et magistro, certa
menti nostræ panderentur quæ caro et sanguis revelare non
potest. Neque defuit precibus nostris divina benignitas :
tanta enim luce animum nostrum circumfudit ut penitissime
perspiceremus quam miserando ac deplorando schismate ecclesiam Dei dilaceraverint et quam longe deviarint a Catholicæ veritatis tramite novi isti doctores qui ecclesiam ab errori-
bus repurgare voluisse vulgo creduntur. Mirati sumus im-
punitam eorum vecordiam, qui, vinculo pacis et unionis di-
rupto, seipsos a Christo ejusque corpore, adeoque de vita quæ
in Christo est, separare ecclesiam Dei ut errorum et supersti-
tionum fernam damnare et sponsam Christi sanctam et immacu-
latam, hoc est matrem suam, quæ [.....] vitali ipsos regeneras-
set ut diaboli prostibulum, adulterii ac violatæ fidei accusare
non dubitarunt. Qui ut damnatas opiniones aliorum incautæ
simplicitati obtruderent, ratam tot sæculis catholicæ ecclesiæ
doctrinam negare vel in dubium adducere, Sacram Scripturam
pro libitu suo interpolare, Sanctorum Patrum scripta et con-
ciliorum generalium definitiones flocipendere, sacramenta
ecclesiæ eorumque administrandorum ritus vel rescindere
omnino vel ex suo cerebro immutare, disciplinam ecclesiasti-
cam dissolvere et enervare, denique altare contra altare eri-

___

[1] La phrase depuis *usus quoque* est barrée dans l'original.

gere et suam sibi ecclesiam constituere non sunt veriti, cum tamen ex verbo Dei clarissime constet ecclesiam Christi non nisi unam esse eamque a sapienti architecto non super arenam, sed super apostolicæ confessionis petram ædificatam, adversus inferorum potestatem inexpugnabilem persistere neque a veritate deficere posse, columnam et firmamentum veritatis, quam Spiritus Sancti præsentia in omnem veritatem deducere nunquam desistit, neque invisibilem tectamque latitasse unquam gloriosam Dei civitatem supra montem in lumen gentibus positam, neque cuique ab ejus unione et communione sejuncto salutem sperandam, in qua solum peccatorum remissionem et vitam æternam nos credere, etiam fidei symbolum, profitemur.

Hisce igitur similibusque rationum momentis diligenter atque mature apud animum nostrum, de æterna salute unice sollicitum, expensis, ad gremium sanctæ catholicæ et apostolicæ Ecclesiæ, in qua laudatissimi majores nostri tot sæculis cum summa pietatis et sanctitatis gloria vixere, nos quoque confugimus, quæ nos, piissimæ parentis instar, indulgentissime amplexa omnique benignitatis genere fovendos suscepit. Atque ut universo christiano orbi testaremur nos pro Christo ejusque nominis et sanctæ catholicæ ecclesiæ defensione vitam ipsam ac sanguinem libentissime profuturos, quod hactenus in votis fuerat, sacræ Melitensium militiæ nomen eodem tempore dedimus, subitumque et insignia equestria suscepimus ex manu summi pontificis, qui, ut paterni erga nos animi affectum eò uberiùs ostenderet, magni prioratûs Germaniæ coadjutoriam conferendam destinavit, modo id cum Ser^{mae} Cesareæ Majestatis beneplacito futurum cognoverit; quod et generis nostri rationem habere, nosque eo acrioribus stimulis ad illustrem nostrisque majoribus non indignam gloriam ex barbaris christiani nominis hostibus parandam incitare voluit. Hæc nos Dominationi Vestræ nequaquam celanda duximus, rogantes obnixe nequid temere aut immaturo consilio a nobis factum existimet qui, ut Deo omnipotenti conscientiam nostram probare semper studuimus, ita universo orbi, tum vero potissimum Vestræ Dominationi quæ nobis instar omnium est. Prolixiorem de fide quam profitemur rationem reddere parati sumus. Illud interim, ope, re studioque quam possumus maximo, a Dominatione Vestra contendimus ne fraternum erga nos animum, hujus nostræ professionis causa, immutari aut sinistro affectû a nostro amore averti patiatur, neve nostram erga Dominationis Vestræ observantiam promptissimam officiosa obsequia hoc ipso vel commutata vel imminuta existimet ; quæ eo quidem evidentioribus ac frequentioribus argumentis et Dominationis Vestræ et universæ nostræ familiæ exhibere ac probare studebimus, quanto majorem benemerendi materiem Summi Pontificis et Serenissimæ, Cœsareæ ac Regiæ majestatis benignitate brevi nobi concessum iri speramus. Interea Dominationi Vestræ et cunctis familiæ nostræ principibus constanter valetudinem atque omnia fausta ac felicia a Deo Optimo Maximo ex animo apprecamur.

Datum Romæ, 17 Januarii 1637.

19

LE P. MERSENNE [1] A HOLSTENIUS

[Bibl. Barb., XLIII 85]

A Monsieur | Monsieur Holstenius, chanoine | de S-Pierre, chez Monseigneur | le cardinal François Barberin, à | la Chancellerie | à Rome.

Monsieur,

La présente sera, seulement pour cette fois, en françois, si vous avez tant soit peu de difficulté à notre langue, et sera particulièrement pour vous remercier de toutes les faveurs que j'ay reçues de vous à Rome pour vous dire que j'ai fait vos recommandations à vos amis de delà, dont le plus âgé vous verra bientôt, à savoir le P. Sirmond, âgé de 88 ans qui va avec les autres pour l'élection de leur général. [2] .—......— J'ay trouvé le volume des *Basiliques* [3] imprimé, et dit à M. Cra-

---

[1] Marin Mersenne (1588-1648), hébraïsant et mathématicien.

[2] Il est aussi question de ce voyage dans les lettres de Dupuy à Holstenius (cf. *ibid.* II p. 72).

[3] Sur Fabrot (Annibal, 1580-1659, juriste et historien, cf. la notice célèbre de Ch. Giraud. L'édition des *Basiliques* ne fut achevée qu'en 1648 (cf. *ibid.* II, p. 79).

moisy que, par votre moyen, il pourrait avoir la copie manuscrite du Vatican pour faire leur index; lequel j'ai trouvé rebuté pour la grande difficulté que lui a fait le bibliotéquaire du Vatican. Plust à Dieu que vous fussiez le chef! Nous jouirions aussi de ce qui y est. Si vous avez icy besoin de quoi que ce soit que je puisse faire, vous n'avez qu'à mander : vous trouverez toujours que je suis

Votre très obéissant serviteur et fidèle ami
F. M. MERSENNE.

Ce 15 septembre 1645, de Paris.

Nous avons icy le bon M. Abraham[1] qui vous salue. M. Cramoisy, le P. Sirmond, MMrs Du Puys, M. Fabrot, excellent jurisconsulte, et tous les autres, qui savent votre zèle pour le rétablissement des bons livres, vous saluent.

20

M. DE LANNOY AU MÊME

[Ibid., XLIII, 85]

(Fragment non daté)

Le témoignage que vous avez rendu de moi dans celle (*sic*) que vous adressés au père Louis Jacob[2] m'oblige à vous en remercier par celle-ci, autant affectueusement qu'il m'est possible. Je croi que[.....] dans le jugement que vous avés fait du libelle diffamatoire du P. Théophile Raynaud, jésuite[3]. Ce m'est une grande consolation qu'il ne me puisse respondre que par des impostures, dont il y en a quelques unes qui lui conviennent avec vérité, puisqu'il a esté deux fois prisonnier

---

[1] C'est probablement le juif converti dont il est question dans les lettres d'Holstenius et des Dupuy.

[2] Louis Jacob, carme, mort en 1670, un des plus fameux bibliographes du XVIIe siècle, auteur de la *Bibliotheca Parisina*, de la *Bibliographia Parisina*, de la *Bibliographia Gallica Universalis*.

[3] Théophile Raynaud, né à Sospello en 1583, mort à Lyon en 1663, professeur dans les colléges des jésuites à Avignon, Lyon et Rome, original et fécond écrivain. Cf. Tamizey, Lettres de Peiresc à Dupuy, I, 774 et II, 394.

d'estat. Joint à ceci qu'il ruine la cause qu'il défend, puisqu'il n'ose pas y mettre son nom. Tout ce qui est dans ce libelle diffamatoire ne me regarde pas, mais la plus grande partie atteint le père Sirmond, qu'il deschire de bien estrange manière. Que s'il deschire de la sorte celui qui naguères estait le doien de la congrégation générale de la compagnie du P. Théophile, que ne puis-je attendre d'un tel homme ?

21

M. FLORENT A HOLSTENIUS

[Bibl. Barb., XLIII. 176]

A Monsieur, | Monsieur Holstein, | chanoine de Latran,

A Paris, ce 1ᵉʳ septembre 1650.

Monsieur, la bonté et le soin que vous avez pour aider les curieux de livres rares non encore imprimés, anciens ou modernes, et nostre ancienne amitié, me donnent confiance que vous aurez agréable la prière très humble que je vous fais de rechercher les pièces non encore imprimées de Léonard Arétin[1], pour joindre à plusieurs autres du même, ramassées curieusement par monsieur de la Marre, conseiller au Parlement de Bourgogne. Il a certain advis qu'il y en a encore quelques pièces dans la bibliothèque du Vatican et dans celle de messieurs les cardinaux Barberins. Je vous supplie, Monsieur, de prendre la peine d'en faire la recherche et nous en donner advis, et adresser, s'il vous plaît, la response audit sieur de la Marre qui vous fait la mesme prière : vous aurez très-agréable d'obliger un personnage de son mérite et condition, et affin de vous soulager de la perquisition, je vous envoie un indice des pièces qu'il a désia trouvées.

---

[1] Leonardo Bruni d'Arezzo, humaniste du XVᵉ siècle.

22

M. DE LA MARE A HOLSTENIUS

(Ibid., XLIII, 85)

A Monsieur, | Monsieur Holstein, garde | de la Bibliothèque de sa Saincteté | , à Rome.

A Dijon, le 30 de may 1654.

Monsieur,

Je n'ay pas assez de paroles pour vous témoigner le ressentiment des obligations que je vous ay d'avoir fait part au R. P. Le Caze des manuscrits du Vatican touchant Mre Léonard Arétin. Je l'ay prié de continuer à faire transcrire trois traités qui me manquent et qui sont manuscrits dans la dite bibliothèque, ainsi que je lay recogneu par votre mémoire, sçavoir, un *Discorso fatto a Nicolo da Tolentino*, qui commence par ces mots « *Non piccolo spavento* etc. ; le 2e est *de recta interpretatione ad Beotum senensem*, qui commence par ces mots *cum Aristotelis libros* etc. ; le 3e est *Novella de M. Leonardo d'Arezzo d'Antiocho e Stratonica*, qui commence par ces mots, *Non sono molti anni*, etc. Voilà ceux dont j'ai besoin de la bibliothèque de Sa Sainteté, outre les épistres, desquelles je voy par votre mémoire qu'il y a grand nombre d'exemplaires; et pour cela, j'ai envoyé audit R. P. Le Caze un mémoire de celles que j'ay, c'est-à-dire des noms de ceux ausquelles *(sic)* elles sont écrites et les premiers mots de chacune. Par ce moyen là, il cognoistra celles que j'auray ou que je n'auray pas. Permettez-moi, après de si sensibles témoignages de bonté que j'ay receu de vous, de vous prier de vouloir confier les manuscrits qui vous sont propres audit R. P. Le Caze pour les faire transcrire. Ce sont les volumes auxquels sont contenues les pièces suivantes : *Laurentii Vallæ epistola in Leonardum et Leonardi in Vallam*, plus *epistole CXXVI Leonardi Arretini pro parte communis Florentiae*, plus *Risposta fatta per Leonardo Arretino all'ambasciatori del Re d'Aragona*. Je vous supplie très-humblement de me vouloir faire la grâce de les lui vouloir confier, sous la sûreté de son écriture et de son seing. Il est homme de grand honneur, qui vous en rendra bon compte et diligemment, après qu'il me les aura fait copier. Je suis obligé de vous faire cette prière, d'autant que je suis beaucoup pressé d'avoir copie de ces pièces là pour commencer à les faire imprimer. Je suis confus d'estre nécessité de vous importuner si assidûment, mais vos bontés m'en donnent la liberté; vous suppliant de croire que je seray ravi d'avoir occasion de vous témoigner que je suis, Monsieur, etc.

23

P. YOUNG[1] A ALEXANDER

Memorandum for A. Alexander going to Paris

[Bibl. Barb., XLIII, 85]

London, the 7 of Julie 1626.

Alexander, if you love me, soone after you come to Paris, enquyre for one Lucas Holsteinius, Hamburgensis; he liveth with one of the presidents in that toune. If none of his countrimen schollers can tell you of him, the keeper of the king of France his librairie, M. Rigault[2], who is an advocat of the court of Parleament there, into whome no doubt he often doth resorte, will find him out. When you have learned where he is, remember by heartiest love and recommandations unto him; excuse me at his hands by reason of your suddain de-

---

[1] Patrick Young (Patricius Junius), savant écossais et bibliothécaire du roi Jacques I, est l'auteur d'une édition du *Livre de Job*, d'après un manuscrit que lui avait donné Cyrille Lucar, patriarche de Constantinople. Il mourut le 17 septembre 1652. (Voir *Smith*, Vitæ quorumdam eruditissimorum et illustrium virorum, Londres (Amsterdam) 1707, in-4° : Wood, Athenæ auxonensis, I, col. 393, éd. de 1691 : Desmaizeaux, Œuvres de Bayle, IV, 842 : deux lettres inédites de J. Price à Bourdelot, Paris, Techener 1883, et Tamizey de Larroque, dans Lettres de Peiresc aux Dupuy, I, 180.)

[2] Sur Nicolas Rigault, parisien (1577-1654), jurisconsulte et historien, connu surtout par son édition de Tertullien (1634), je renvoie d'avance au fascicule des *Correspondants de Peiresc* que M. Tamizey promet de lui consacrer.

parture for not writting into him, and entreate him earnestlie
in my name not to forgett that which I committed to his
friendlie caire going from hence. Towit he gett my Theo-
doret manuscript in greeke upon the Psalmes from Fronto
Ducaeus[1] the Jesuit, or his executors since he is dead; and
from Petavius of that societie, all of Julian the emperour,
wich I sent ento him at several times, and castlie from Pu-
teanus, that which I sent by himself. Thus, desyring you to
be earnest with him for a letter unto me touching all these
particulars, that I may knowe what to exspect, and how he
himself doth, and what good authors is printing there, and
that he would be pleased to impart unto me such nowes he
thinketh most fitt for me, I take my leave and wisheth you a
prosperous journey.

PATRICIUS YOUNG.

Au revers :
Desyre him to find you Longi Pœmenica of the last edition
without Achilles Statius.

Remember first and above all to wrythe me back; and answer with the first.

Theodoretus Mss. Juliani orationes Mss. Variæ lectiones
pro Novo Testamento. Longi pastoralia. Rigaltii liber.

24

P. YOUNG A HOLSTENIUS

[Ibidem. xliii, 86]

Suscr : Amplissimo et clarissimo viro Domino Lucae Holstenio
canonico divi Petri.

WORTHIE SIR,

The last yeare about this tyme, I wrothe twice unto now,
expressing how much I was troubled that Mr. Allastree returned hither without the fragments of Aquila and the rest
and the diverse readings of the text of the Prophets out of

---

[1] Fronton du Duc ou le Duc, de Bordeaux (1577-1623), jésuite et
érudit.

the man scripts copie in your Cardinalle librairie. Which
now (because by Godshelpe I intend after a moneth to begin
the edition of the Septuagint, casting the diverse readings
and notes at the end of the whole), I desire and long for,
with greatest earnestnesse may be, assuring myself that
you, who are so readic to helpe all others in this kynde,
will not be backward in so just a request and suitable to
your noble disposition to pleasure

> Your ancient alquaintaince and most
> faithfull frend,
>
> PATRICIUS YOUNG.

London, the 6th of February 1652.

25

GEORGE THOMASON A HOLSTENIUS

[Bibl. Barb., XLIII, 85]

All Illmo e Rev^{mo} S^{re} Padrone mio Col^{mo} il signor Luca Holstenio,
canonico di San Pietro, nella cancellaria, in Roma.

London, 14 may 1647.

WORTHY SIR,

I must return you many thankes for the many favours my
servant James Allestree received from you at his being at
Rome, and should be very willing to serve you in anything
that lies in my power. By him I also received a note for
some bookes wich you desire from hence, wich I intend to
send you by the first shipping that goes hence for Legorne to
my correspondant there, M. Samuel Bonnell, an English merchant, or to any other you shall appoint. And I shall be very
glad to serve and observe the commands of his Em. Card.
Barberino and keepe a constant correspondence with him or
yourselfe for bookes, not only for such things as are printed
here, but any other rarities printed in other parts of world,
which I am many times master of. You may remember at
your being here, we are generally better furnished with
bookes from all parts than is any part of Christendome be-

sides. I should likewise desire from Rome the books and
numbers mentioned in the enclosed note, and to have them
consigned to the said M. Bonnell at Legorne for me, and
upon signification of what they will cost, I will give him order to pay for them at Rome without further trouble.
M. Selden and M. Patrick Young present their humble service to you, rejoycing in your good health. The like do I, who
am

Your ould acquaintaince and servant.

George THOMASON.

« Rose and crowne » , in S. Paules Churchyard.
Your answer, if sent to Legorne to M. Bonnell, will come safe
to my handes.

26

LE MÊME AU MÊME

[Bibl. Barb., xliii, 177]

Même suscription

Florence, July 6, 1640.

MOST REVEREND SIR,

At my arrivalt here I found a letter from M. Samuel Bonnell to me, with advice that the four Italian Bibles, which
were taken in my trunke at Legorne, were by order of the
Inquisitory of Rome to be sent thither; but he had so farre
prevailed with the inquisitor of Legorne as to suspend their
sending untill they might heave from me. Also that M. Bonnell
has told him the trunke of bookes wat sent into the lazaretto
by error, it being designed for Turky; whereupon the inquisitor of Legorne had told him he had already given advice of
them to the inquisitor of Rome, and could not let them without order from him. Wherefore well knowing your greate
propensity and forwardness to assist me in all my affaires,
for which I shall ever rest obliged, I made bold to trouble
you with these lines, and beseech you to adde this to the vast
number of your extraordinary favours, as to deale effec-

4

tually with the inquisitor of Rome that they may be restored, upon this ground that they were by error sent out of the ship; and if you thinke fitting to present him with any booke to the value of eight crownes, I will most faithfully repay it you with all the acknowledgements that so greate a favour shall deserve. I beseech you, most reverend Sir, to pardon my rude and incivil adresses to you, and the troubles which I put you, to have never a friend in Rome to write so, excepting yourselfe; and if God blesse me, I shall use my best endeavour to show myselfe truly thankefull. I have here enclosed sent you an Italian letter, which if you please may show to the inquisitor of Rome, which I hope may much help toward the business. I shall trouble your Reverence not further at present, but, with my most humble service and due respects, remaine

Your most humble and respectfull servant.

JAMES ALLESTREE.

Pray let him not know I am a merchant of books. If you please to favour me with a line in answer, and direct to M. Bonnell in Legorne, it will come safe to me.

27

LE MÊME AU MÊME

[Même suscription]

[Bibl. Barb., XLIII, 85.]

Venice, July 23, 1650.

Reverend Sir,

I made bold from Florence to trouble you with a few lines and entreate your assistance in the recovery of those four Italian Bibles from the Inquisitor of Legorne, who, upon the order of the inquisitor of Rome, would deliver them to M. Bonnell. Whether you have prevailed with him or not, I cannot tell, having not since heard from you. However I shall ever acknowledge myselfe infinitely obliged to you, for your paines and for all those multitudes of favours, which your goodness hath heaped upon me ; and you may please to rest most confident I shall use my best endeavours to shew myselfe truly gratefull.

At present I have another most humble request to you, which I must beseech you to favour me with, and that is that you would please to present my best respects and service to signor Leonardo Augustino and acquaint him that, by an oversight of the facchino that made up my bales, seven *medaglie di Paruta* were packed up amongst the rest of my bookes, so that I am destituted of one to carry with me to Paris, where I hope to sell all, that is hath if I had one to shew to the merchants there, which would much advance their sale. Wherefore pray entreate him to let me have another that is unbound, at the rate of five crownes, which I paid him for the other, and send it to sig. Giov. Casone, whom have entreated to send hither to me by the way of Ancona ; and if the bookes I left with you are not yet sold, pray let me know, and I will give order to sig. Mancini to repay you the said money which you lay our. I hope sig. Leonardo will not make scruple to let me have this book at the forementionned prices, seeing he is as much concerned in it as myselfe, and I am sure it will cost me above two crownes before it comes to Paris. Also I expect with much earnestness your letters to Mr. Patricius Junius, and Mr. Eward Bis, and Mr. Rodius in Padova and a catalogue of those greeke and latine manuscripts you have ready for the presse, and a note of such bookes as you desire out of Holland and England, which I shall be very diligent in procuring for you, or any other thing those parts will afford. I shall stay here about three weekes longer, and then depart for Millaine, where I shall not stay above four or five days, and then depart for England. I most humbly entreate you to let me have a speedy answer of this letter in two or three wordes and to procure me this book as soon as conveniently you can, for I hope to sell all at Paris at very good prizes ; and if he will not take five crownes, rather then faile let him have sixe, and I will most faithfully repay you with all due acknowledgements of your love and so great a courtesy which I shall study to deserve. Thus humbly craving pardon for this rude and unhandsome trouble, I present my most humble service to you, and remaine

Your most respectfull and much obliged servant.

James ALLESTREE.

If you please to send your answer to sig. Gio. Casone, he will send it me.

In Italian, Latine, or English.

28

LE MÊME AU MÊME.

[Bibl. Barberini, XLIII. 177.]

[Même suscription.]

London, January 2, 1652.

Most reverend and most honoured sir,

Since I left Italy, my occasiones have detained me in France, Holland, Germany, and other countries untill this last moneth; yet I have not been in the least manner forgetfull of my respects unto you, but both from Amsterdam and Antwerp sent you two letters inclosed in the pacquet of sig. Gio. Casoni, as arguments thas I do very well retain in my memory those many huge obligations wherein I shall perpetually stand bound unto you, but because I never yet had the happiness to know of the receipt of either, I very must feare lest they are miscarried. But being now newly return into England, I make bold once more to interrupt your more serious studies with my lines which are certainely to assure you that no distance of place nor intermission of time shall ever be able to make me in the least forget my due respects to you, and if you shall be pleased to command me any service in these parts, I shall account it the greatest honour that can possibly come unto me.

You was pleased, at my last being in Rome with you, amongst many favours to promise me the copie of a piece you had prepared for the presse, viz : *De vita et scriptis Procli,* which, if I migth be so happy as to enjoy, should be as well printed as could be done in England; for believe it, sir, all the learned men in this island do extreamly desire to see any thing of yours. Your piece *De vita Pythagoræ* his sold here for two crownes, and well is he that can get it at any rate ; and truely, were it not that divulged it abroad that you were putting it forth at Rome with many additions, it had long since been reprinted here. Now, sir, I very well know that all your manuscripts are very precious to you and have cost you the paynes of many yeares, so that you may be very unwilling to send them so farre as England and venture them the hazard of so long a voyage; therefore that the world may not be depri-ved of such jewels, I have written to sig. Casoni and advised him to print what ever you shall think fitt in greeke and latin, and have oblidged myselfe to pay him the cost and charges of the whole impression or such part of it as he shall think fitt; and for this, if it pleases you shall both have the assurance of any merchants at Legorne or Venice, therefore I most humbly beseech you to let him presently begin with the printing of that piece of Proclus or that *De vita Pythagoræ* or any other thing you please, and advise mee whereabouts it will cost and you shall see I will be as good as my word.

M. Selden is very well and desired mee to remember his respects to you, he hath lately had a very greate fortune, viz three score thousand pounds stirling, left him by the death of the countesse of Kent. M. Bish, likewise, who extreamely honour and admires you, is much your servant and hath sent you the enclosed manuscript out of *Jo. Antiocheni Historia*, which is now upon the presse here. He is also printing an ancient Greek copie out of Oxford library *de Brachmannis*, and entreates you if amongst the rellated Strabo you have or any other manuscript you know of anything that concerns the Brachmans, that you would please to communicate it. Sir, you were pleased to promise me 30 or 40 of a book called *Navis Ecclesiam referens* and some other bookes out of car-dinal Barberini's library for the *Histoire de la Reyne mère*, and if you have sold the *Erasmi epistolae*, and *Math. Pari-siensis Historia*, which I left with you, I beseech you to let sig. Casoni have the bookes you think fitt to send mee, and left me have advice if the other be disposed of, and I you know of any good greeke books to be sold proper for England, I humbly entreate you to acquaint sig. Casoni with them, that may send them to mee. I most humbly beseech you to honour mee with you answer, and to pardon my boldness in interrupting you at his present, and with all to believe that in all the world there is no man that honoures you and prayes more heartily for your health and happiness than

Your most devoted humble servant,

James ALLESTRYE.

29

JEREMY STEPHENS A JAMES ALLESTREE

[Bibl. Barb., XLIII, 85]

The coppy of part of M. Jeremy Stephens his letter to me

I must renew my suite unto you to procure me the coppyes of some passages from Rome whereof I spake to you at my last being with you, at your house in Buckinghamshire. Viz : In queene Marys time, when the lordes in Parliament would graunt nothing for restitution of religion till they obtain of the Pope a confirmation of licence to hold the Churchlandes which they had seized on, then was sent to Rome, first a post, afterwards a solemne ambassade the 17 of february 1554 (1555 *stylo novo*) by the bishop of Ely and Lord Montacute, with seven score house about same the husinesse. Thus Foxe in his *Acts and monuments*, but he doth not anywhere relate the answere given. But S. Clement Edmundes, that industrious and knowing clerck of the Councell, perusing the bookes and recordes of the countestable of that time, did on the register of Queen Mary find the answere, which among other things was to this purpose (as he told me) that the Pope would dispence for the landes of the monasteries, but for the churches, houses, sites and other consecrated places, it was not in his power to dispense. Now, I much desire a full coppy of the Pope's answere to the ambassadors or to the post or to both of them, if they be extant. I doubt not, but as all princes do in like cases, there is an office for custody of all such letters, answeres, and

instruments as passe among them. The reason of my inquiry s
to know the truth of that which some of our histories do relate,
namely that for a good space after men did forbeare to inha-
bite upon the houses and sites and churches, till after a pes
tilence happening in queene Elisabethe time poore people
having gotten into them, there being many faire roomes,
the new owners did them put out the poore and adventured
themselves to dwell in them. And if there be copies of the
originals yet extant of the queenes letter or of the letter
written by the Lordes in Parliament to the Pope it would much
conduce to the worke I have in hand to have a coppy of them.
But the chiefe thing I desire is a coppy of the Pope's answere.

Further if it be not too troublesome, I desire to know what
Hospitals of note they are in Italy for reliefe of the poore.
I have been told much of a very great one all Rome, called *Lo
Spirito sancto* and an other at Naples, worth 100 thousand
crownes yearly, wherein 2000 poore children are maintained
besides other pious uses. In England we had anciently very
many and particularly appendant upon the abbayes, where of
every great one three hospitals belonging to it. We have 110
great hospitals (as appeareth upon record) demolished at one
clappe in the Tempest of king Henri VIII his rage, but the
losse of which our poore at this day do suffer extremly in all
partes. The reason of this inquiry you will perceive by a worke
that I have put to the presse of sir Henry Spelman, which
I will impart to you shortly, as also something else which
I have in readinesse. Etc.

30

JAMES ALLESTREE A J. STEPHENS

[Bibl. Barb., XLIII, 85]
1/11 novembre 1652

Sir,

It is a whole year since I sent you the coppy of the notes
upon the fourth tome of Saint Ambroise. I now send the latter
halfe of that tome which I could not then finish. And since

I hade been so distracted with businesse, seeking to get something for my better livelyhood, which I have in part obtained by means of a noble friend, that I could not hasten sooner this that now I send. In this part there are some passages that argue either negligence or corruption of the texte by some addition and change of words as you will find in these notes, p. 71 and 72, in the fourth book of Ambrosius, *De Sacramentis*. There is in Oxonian library two old editions at Basilea, 1492 and 1526, where Erasmus, Coeterius and others do agree upon the reading with the manuscripts. The first change is in the Roman edition, 1580, for ought I find, and then the other editions at Paris or elsewhere do follow that. There is little or nothing gained by the change and I marvaile at it. If there be other manuscripts there, it would be well done to justify the new reading out of them otherwise to restore the same as it was in the former editions at Basil, Pag. 77, you will find an hundred lines added more than our manuscript have, though Erasmus also had them before, but this ancounteth to little. There are many such defects and varieties in old authors and manuscripts. In the fifth tome following, there are many workes which they in the editions do not hold to be genuine. Onely because they have gone formerly under St Ambrose name, they are still so continued, which I dislike not. Erasmus hath censured diverse of them, and in my original books there are not many observations, because there are wanting most of them in the manuscripts. Yet they are some which I will collect and send them to you, if I may heave that this payne is of use to them to whom you impart the papers. Last summer, being at London, I was told by a great person that Holstenius had my papers, as you sent them, and also a stationer in Paules *(sic)* that was at Venice and Rome, speak with him, who told him that he was writing a copy of those papers which I desired from thence of the passages in queene Marye's time and further inquired of me. Wherely I am in hope that the copies which I desired are sent unto you, and that you will please to impart them to me, when you can safely send them. But I confesse the troubles in France and here have been such the last summer, as I feare letters and packets can seldome find safe passage.

But now I hope there is some quietness at Paris, the King being returned thither. Thus, with my best wishes ever to you, I subscribe myself, etc.

31

REÇU DE CONTELORI POUR UNE COLLECTION DE
MANUSCRITS DONNÉS PAR FR. BARBERINI A LA VATICANE.
LISTE DE CES MANUSCRITS

[Bibl. Barberini, XXXVIII, 37]
(5 décembre 1636)

Index librorum quos Petrus de Luna, nuncupatus in sua obedientia Benedictus XIII, circumferri ubique suum ad usum curabat; inter alios recensentur tractatus ejusdem Petri, tunc cardinalis, et alii ejus manu exarati.

Protocoli variorum instrumentorum, ab anno Domini 1128 usque ad annum 1275, in quibus variæ res ad Sedem Apostolicam spectantes et a cardinalibus in conclavi gestæ referuntur, inprimis compromissum Venetorum et Genuensium in summum pontificem.

Chronicon Pauli Orosii.

Regulæ monachorum Ægyptiorum a Joanne Cassiano libris XII comprehensæ. Liber collationum. Paradisus Heraclides. Diadema monachorum ab Ephrem. De vita S. Joannis eleemosynarii. Octo libri Ephrem.

Opera Petri Damiani.

Regestum litterarum Clementis Quinti datarum anno secundo pontificatus; erant 627, desunt 61 primæ; subsequuntur litteræ de curia, erant 46, desunt 17 postremæ.

Libri Alphonsi magistris adversus Isaac Judæum, Ispanico idiomate.

Historia fabulosa Tristani, hispanica lingua vernacula.

Epistola Alexandri ad Aristotelem de mirabilibus, quæ est adulterina.

Cento e martyrologio et e variis locis bibliorum atque Sanctorum Patrum, immistis satis ineptis exemplis et revelationibus ab optimo quodam in Liguria nato Lomelli consutus, circa annum Christi 1338, et phantasticis figuris scite delineatis illustratus. Scripsit idem libros de præeminentia spiritualis imperii, et de Hierarchia ecclesiastica; desudavit etiam in illa nobili quæstione de Visione Dei, qua sub Joanne XXII Theologorum ingenia exercuit. Affixitur tabula chronologica usque ad Innocentii sexti pontificatum ab orbe condito et varia volumina cum tabulis pictis.

Dicta testium patrum ordinis Templi et concordia.

Varia circa scisma Clementis septimi.

Gregorii XII epistolæ ad Petrum de Luna exemplum.

Protestationes nuntiorum Petri ejusdem, seu Benedicti XIII, contro Angelum de Coiaro, seu Gregorium XII, Romæ anno 1407.

Bertrandi de Guto, nepotis Clementis Quinti, epistola circa pecuniam cujus expilatæ accusabatur.

Sermones varii.

Ordo chrismatis, imperatoris coronatio, etc.

Hominium pro dominio de Claensaes, Tricastinensis Diocæsis, præstitum comiti Venaissino seu rectori pro Papa anno 1293.

Bulla Clementis VII adversus sectatores Urbani VI, conmitem Anguillariæ, de Comite, Caictanos, etc. Data Fundis, anno primo pontificatus.

Molte carte pecore con figure mattematiche ed altre.

Io, Felice Contelori[1], ho ricevute le soddette scritture, parte per conservare nell'Archivio apostolico Vaticano, et parte per consegnare allo libreria Vaticana, dall'eminentissimo signor Cardinale Barberino. Questo di 5 X^bre 1636, Felice Contelori. Manu propria, eccettuata la prima scrittura segnata con la lettera A.

---

[1] Peiresc, dans une lettre aux Dupuy, appelle Contelori (qu'il nomme Cantiloro) « un homme de grande mémoire et fort versé en la philosophie, théologie et jurisprudence, qui exerceoit la charge d'avocat en cette court. » (cf. Tamizey, Lettres de Peiresc aux Dupuy, I, 101).

APPENDICE

—

I

Lettres de Pierre Dupuy au cardinal Barberini

[Paris. Bibl. Nat.. Fd. Franç., 2812.]

Ces lettres inédites de Pierre Dupuy au cardinal Barberini m'ont paru mériter d'être imprimées. Elles forment en effet pour les mois de mars à juillet 1629 un utile supplément d'informations politiques et littéraires aux lettres que les savants historiens adressaient à Peiresc, et qui de Belgentier arrivaient ensuite au palais Barberini par Holstenius : on y trouvera notamment de nouveaux détails sur le siège de la Rochelle, l'inscription de l'arc de Suse, la succession du duc de Mantène et les discussions du Parlement, et l'indication d'un certain nombre de travaux exécutés sous la direction de Dupuy pour le cardinal Francesco Barberini.

1

[Sans suscription]

(Ibid., FFr., 2812, f. 141)

Ceste lettre de Monsieur de Peiresc me donne sujet de vous faire ce mot pour vous asseurer de mon très humble service, je m'estimerois heureux de vous le pouvoir tesmoigner en quelque bonne occasion. J'ai receu une lettre de Mons. Clifter pour response à celle que vous m'avez faict l'honneur de faire mettre soubs vostre ply. Je le voy du tout sur son histoire de la Toison en laquelle il ne doit attendre de ces quartiers beaucoup d'ayde. J'eusse désiré lui faire service en vos-

tre seule considération. Vous trouverez cy joint une lettre
d'Alger qui est assez notable. Sur ce, je vous prie, Monseigneur
me tenir pour vostre très humble et affectionné serviteur,

DUPUY.

De Paris, ce 18 juin 1628.

2

[Id. — Ibid., fol. 142]

J'ai toujours différé de vous escrire n'ayant rien qui méri-
tast vous importuner de mes lettres, mais ayant eu l'honneur
d'avoir de vos nouvelles par Monsieur Priandi [1], qui m'a baillé
un mémoire d'une histoire touchant un ancien siège de la
Rochelle, j'ai cru vous en devoir escrire ce que j'en sçai. Ce
roi Louis est Louis VIII, roi de France, qui assiégea la Rochelle au mois de juillet 1224 et au mois d'aoust en suivant.
Il n'en dit pas l'estonnement que les habitans eurent d'une
bataille perdue par la prise de quelques villes voisines, et
par le moyen d'une division survenue en la ville, remarquée
par l'historien qui est citté dans vostre mémoire. Il y a une
histoire en vers escrite de ce temps qui remarque que le dix-
jour du siège, la reine de France, femme dudit roi Louis VIII,
et autres grands seigneurs qui estoient à Paris firent une
célèbre procession générale, ayans les dames les pieds nuds
et couvertes seulement de draps, sans chemises, depuis l'Église
Nostre Dame jusques à Saint-Antoine et que de ce jour la
division commencea dans la ville de La Rochelle entre les
Anglais et les Rochelois, à cause de la tromperie faicte à ce
peuple par le roi d'Angleterre. L'histoire citée en nostre
mémoire remarque ceste procession.

Il s'est faict depuis peu un livre fort notable intitulé :
« *Discours au Roi sur la naissance, ancien estat, progrès et ac-*

---

[1] Priandi, agent diplomatique du duc de Mantoue, (cf. Avenel, Papiers
de Richelieu, II, 280), très lié avec les frères Dupuy, avec Fortin de la
Hoguette (cf. Tamizey, Lettres de F. de la H., p. 127); il assistait au
siège de la Rochelle, où il fut malade (*Ibid.*). Cf Bibl. Inguimbertine.
Minutes de Peiresc, V, fol. 393-94.

croissement de la ville de la Rochelle », où sont tout au long leurs privilèges dont ils font si grand cas, où il est prouvé que ces privilèges sont concessions gratuites et bienfaicts de nos rois et non pas traitez et conventions réciproques. Le livre est fort rare, et l'autheur n'en a faict tirer que bien peu d'exemplaires. Si j'en puis retrouver pour vous, Monseigneur, je le vous garderai pour vostre retour. Le livre de feu M. de Brèves, dont je vous avois parlé par mes dernières, contient son voyage de Constantinople jusques en la Terre sainte, puis à Alger et à Tunis et son retour, et quelques autres petits traictés [1]. Je vous envoie cy-joinct un extraict du catalogue de la foire de Francfort dont nous attendons les livres dans un mois. Je crois qu'avant ce temps le Roy sera dans La Rochelle [2] et toute la cour sera de retour; j'auray lors l'honneur, Monseigneur, de vous asseurer que je suis,

Monseigneur, vostre très humble et affectionné serviteur,

Dupuy.

De Paris, ce 5 octobre 1628.

3

[Suscr.: *A Monseigneur le Nonce.* — Id. — Ibid., f. 144]

J'ai receu celle qu'il vous a pleu m'escrire, jointe à quelques escrits dont je vous remercie très humblement. Il semble que la politique abandonne les Espagnols: ce n'est pas d'aujourd'huy qu'ils ont faict de grandes fautes [3]. J'ai baillé ceste relation de Toscane de Daniel Eremita, qui est une fort gentille pièce et élégamment escrite en latin. J'ai baillé à un de vos gens le testament de ce duc de Bourgongne de

---

[1] « La Relation des voyages de M. de Brèves, tant en Grèce, Terre-Sainte et Égypte qu'aux royaumes de Tunis et Alger, ensemble un traité fait l'an 1604 entre le roy Henry le Grand et l'empereur des Turcs, » fut publiée à Paris, 1628, in-4°, par Jacques du Castel, et dédiée à Camille Savary d'Auvour, abbé de Montmajour-lès-Arles.

[2] On sait que la prévision de Dupuy se réalisa en effet.

[3] Il s'agit probablement de la petite campagne des Espagnols en Provence (sur laquelle les Dupuy avaient des renseignements de première main par Peiresc et dans laquelle les Espagnols furent en effet battus) et de la levée du siège de Casal (18 mars 1629).

l'an 1360. Je fournirai les traictez contenus au registre dont vous désirez copie, à mesure que le copiste travaillera. Je vous serai beaucoup obligé, suivant ce qu'il vous plaist me promettre, de voir les articles tant publics que secrets faicts avec le duc de Savoie, car sans doute ils méritent d'être considérez et confirmez [1]. Au reste, Monseigneur, je vous dirai comme M. Seton [2] est du tout hors de la condition à laquelle on l'avoit destiné avec M. Deffiat, surintendant des finances [3]. Il a jugé ceste sorte de vie où il allait entrer si différente de celle qu'il a menée tant d'années à Rome, qu'il ne s'est peu résoudre. Son grand mérite et sa vertu très éminente me font croire qu'il ne sera pas longtemps sans emploi digne de lui et proportionné à sa condition. Je vous supplie, Monseigneur, de le vouloir favoriser aux occasions que vous jugerez propres, et je vous puis asseurer que l'on n'en sçauroit avoir que de la satisfaction. Sur ce, Monseigneur, je prie Dieu qu'il vous conserve en sa grâce.

Vostre très humble et affectionné serviteur,

DUPUY.

Paris, ce 29 mars 1629.

4

[Sans suscr. — Ibid., fol. 146]

Monseigneur,

Je fai responce à celle qu'il vous a pleu m'escrire du 19 du passé, joincte à une lettre de l'Empereur que j'ai trouvée considérable en ceste conjoncture. J'espère que celle-cy vous trouvera en France et prie Dieu que ce soit en bonne santé. J'ai considéré l'inscription de l'arc triomphal de Suse : elle est notable, et d'autant plus qu'une partie des peuples désignés

---

[1] Le traité de paix avec le duc de Savoie dont Dupuy demande à voir les articles publics et secrets est probablement celui qui venait d'être conclu le 11 mars 1629 après la défaite des Piémontais au Pas de Suze le 6 mars 1629.

[2] Guillaume Seton, noble écossais, savant en grec, en latin, en philosophie, en droit civil et canonique.

[3] Le père de Cinq-Mars.

par icelle nous sont incogneus. Je m'estonne de la stupidité
de cet historien savoiard Chiesa [1], qui a esté si peu curieux
de n'avoir esté sur les lieux pour considérer l'inscription, s'estant contenté de ce qu'il a trouvé dans Pline. J'envoie encore
une fois ce testament du duc Philippe de Bourgogne, qui n'est
pas si entier qu'il seroit à désirer, mais est ce que je puis.
(*sic*) J'ai baillé aussi à un des vostres l'acte de l'empereur
d'aujourd'huy que vous avez désiré. Je ferai en sorte que les
traictez dont il vous plaist m'escrire seront faicts en la sorte
que désirez. A tant, Monseigneur, je prie Dieu qu'il vous conserve, et que vous me teniez, s'il vous plaist, Monseigneur,
pour vostre très humble et affectionné serviteur, P. DUPUY.

De Paris ce 5 mai 1629.

5

[Id., Ibid., fol. 148]

A Paris, ce 27 mai 1629.

Monseigneur,

J'ai receu vostre lettre du 29 du passé joincte aux articles
qu'il vous a pleu m'envoier. Je crois que vous aurez receu
l'acte du serment de l'empereur que j'ai baillé il y a longtemps à vostre maistre d'hostel. L'escrivain avance fort les
traictez d'Espagne que vous désirez, et fai en sorte que l'es-
criture sera facile à lire. Nous ne trouvons pas des escrivains
en italien si souvent que nous désirerions. Je désirerois qu'il
s'offrist quelque occasion pour vous rendre service, et je tiendrai à très grande faveur les commandemens qu'il vous plairra
me faire. Les embellissements de l'arc de Suze méritent d'estre veus, et m'estonne de la stupidité de ceux du païs d'avoir
esté si peu curieux que de nous les avoir cachés si longtemps.
Monsieur de Peiresc en fera bien son profit. Nous n'avons peu
voir le catalogue de la foire de Francfort ; j'espère de l'avoir

---

[1] Ludovico della Chiesa, fils d'Agostino Francesco, né à Saluces (1568),
mort 1620, auteur du « Compendio delle storie di Piemonte. » (Turin 1601,
in-4° ; 1608, in-4° ; du « De vita et gestis marchionum Salucensium,
Viennensium Delphinorum et comitum Provinciæ catalogus. Turin (1604,
in-4°.)

dans peu de jours, et avoir l'honneur de vous donner advis de
ce qu'il y aura de considérable. Sur ce, je prie Dieu qu'il vous
tienne en santé et vous conserve, estant, Monseigneur, Vostre
très humble et affectionné serviteur, Dupuy.

Je vous supplie, Monseigneur, de commander à un des vostres que les lettres cy-joinctes soint baillées à leur adresse.

6

[Id. — Ibid., fol. 150]

J'ai receu vostre lettre du 2 de ce mois, joincte à une lettre
et à un mémoire sur lesquels l'on desire quelques esclaircisse-
mens. Je vous dirai en peu de mots que les mots qui sont au
commencement de l'information, *ex pacto et providentia*, os-
tent l'affaire de la thèse ordinaire parce qu'il semble qu'il y
ait quelque contract ou testament dans ceste famille qui dé-
cide le différend ; en nostre coustume de Paris, qui est com-
posée des arrests de ce parlement et par les plus grands personnages des siècles passés, il y a un article qui porte ces
mots : « en ligne collatérale représentation a lieu quand les
neveux ou niepces viennent à la succession de leur oncle ou
tante avec les frères et sœurs du décédé, et audit cas de
représentation, les représentants succèdent *per stirpes* (par
souches) et non *per capita* (par testes) » ; tellement, que si la
question qui se traicte à présent à Modène estoit à vuider dans
ce Parlement, « *nepos concurrere cum patruo nec excludere ne-
potes*, l'on n'en doute pas en ce Parlement. Il y a des livres
entiers que j'ai « *De controversia successionis regie inter fratrem
et fratris premortui filium* », qui fut agitée en ce royaume par
ceux de la Ligue contre le feu roy Henry le Grand, soubs le
nom du cardinal de Bourbon, qui prit le nom de roy contre ins-
tinct et raison. Ceste matière est traictée à plain fonds *(sic)* de
part et d'autre dans les livres faicts du temps ; mais Dieu jugea
et décida ces affaires par l'assistance visible qu'il donna au feu
roy contre ceste faction. Pour revenir au faict particulier, il faudrait, pour en parler seurement, voir le contract ou testament
de la famille, car par nostre coutume, le neveu doit succéder
avec l'oncle. Je vous renvoie la lettre et le mémoire, et n'ai pas

creu vous devoir envoier aucun arrest, parce que la coustume
est si claire qu'il ne se peut rien adjouster. Je vous remercie
de ceste ratification d'Espagne, mais non pas si claire qu'il
n'y ait quelque chose à gloser. L'escrivain est sur la fin des
traictez d'Espagne, et vous m'obligerez de me mander ce que
vous désirez faire ensuite, car je metterai peine de vous obéir
et contenter. Vous trouverez cy-joinct un extraict du catalogue de la foire de Francfort. Il y a un livre imprimé à Reims
que j'ai marqué d'une croix en marge qui je croi sera beau et
curieux. Feu Mr Alexandre m'avoit promis de me l'envoier ; mais sa mort me prive de ce contentement [1]. Le mien
sera toujours de recevoir vos commandemens pour vous faire
paroistre que je suis, Monseigneur, Vostre très humble et affectionné serviteur, DUPUY.

De Paris, ce 7 juin 1629.

7

(Suscr.: *A Monseigneur le Nonce.* — Ibid., fol. 152]

Monseigneur,

J'ai receu celle qu'il vous pleu m'escrire de Nismes, dont
je vous remercie. J'ai donné advis à monsieur le Procureur
général de l'affaire des religieuses de l'Ave Maria, je crois
qu'il suivra vostre conseil, et le secret sera observé ainsi que
vous le désirez. Nos libraires n'ont rien apporté de la foire,
mais je metterai ordre qu'à la prochaine de l'automne, vous ayez
les livres que vous désignez et facilement les trouvera-t-on
puisqu'ils sont tout nouveaux ; je ferai en sorte qu'à vostre
retour vous trouverez les papiers que vous désirez transcrits
comme les autres, et me semble qu'il n'a pas esté besoin de
vous envoyer ceux qui sont desjà faicts, à cause qu'ils se peu-

---

[1] C'est le nom d'Aleandro francisé. Aleandro venait de mourir le
9 mars 1629 (et non le 11, d'après Crescimbeni et Victorelli, suivis par
Tamizey de Larroque, *Lettres de Peiresc aux Dupuy*, II, p. 72, qui, d'après
Peiresc, (31 mars 1629), corrige leur erreur *ibid.*, II. p. 105, mais non
de la trop grande chère qu'il fit en France avec ses amis, comme le disent Baillet (*Jugements des savants*, V, 137) et Vittorio Rossi (Niceus
Erythreus) cité par La Monnoye, *ibid.*, V, 137, note). — Comme oraison
funèbre, la phrase de Dupuy est d'ailleurs assez courte.

vent gaster par les chemins. Vous avez appris ce qui s'est passé au faict du livre de l'archevesque de Rouen : il a fait imprimer une épistre au Pape de rétractation de ce qu'il avoit dict à son livre. Ceste action est interprétée fort sinistrement contre lui. C'est pitié où l'a précipité sa présomption et où son peu de courage l'a conduit à nous faire d'autres pasteurs, car quel conseil peuvent se donner aussi fluctuans qu'ils sont ? J'attends, Monseigneur, à vous en dire les particularitez quand j'aurai l'honneur de vous voir, et vous asseurerai que je suis de tout mon cœur, Monseigneur, Vostre très humble et affectionné serviteur, DUPUY.

De Paris, ce dernier juillet 1629.

II

Lettre de **M. de Valavés au cardinal Barberini**

[Bibl. Barberini, XLIII, 158]

1

[Pas de suscription]

Monseigneur,

L'indisposition que M. de Peiresc, mon frère, a depuis quinze jours qu'il a esté contraint de tenir le lit avec la fiebvre (bien que, Dieu mercy, elle aye grandement diminué, et que nous ayons subject d'espérer de l'en voir bientost entièrement quitte), ne lui ayant peu permettre d'escripre à V. E., il a creu que vous ne trouveriez pas mauvais que je supplée à son deffault, et vous remercie, comme nous faisons très humblement, des faveurs extraordinaires qu'il a pleu à V. E. de faire à M. d'Arène pour faire cesser les difficultés qui se pouvaient rencontrer en l'affaire qu'il alloit entreprendre, et lui faire avoir raison de la volerie insigne qui luy a esté faicte, et d'y avoir voulu adjouster pour comble l'argent qu'il vous a pleu de lui faire fournir ; dont nous vous sommes si redevables que nous ne pouvons jamais espérer de vous en pouvoir seulement dignement remercier, non plus que du soing qu'il a pleu à V. E. de prendre de faire envoyer à mon frère les discours et le dessain de l'embrasement du Mont Vésuve[1], et celui du Trépied qui est en la mosaïque de l'église S.-Antoine de Rome, qu'il a trouvé bien curieux. Ces grâces sont si grandes qu'il ne les sçauroit jamais recognoistre. Mais s'estant voué entièrement à V. E. et tout ce qui peut dépendre de lui, il ne lui reste plus rien à vous offrir; en attendant que nostre bonne fortune lui puisse fournir le moyen de tesmoigner le ressentiment que nous avons de vos faveurs, il vous supplie d'agréer le petit livret cy-joint qu'il vous envoie, cependant qu'il taschera de recouvrer, avecque sa santé, quelque chose de plus curieux et de plus digne de V. E., pour vous faire cognoistre par effect que de tous ceux qui font profession de vos très-humbles serviteurs, il n'y en a point qui le soit plus véritablement que nous, ny qui désire avoir plus de passion de pouvoir mériter la qualité dont je vous supplie très-humblement me vouloir honorer,

Monseigneur, de V. E., le très-humble, très-obéissant et très-obligeant serviteur.

VALAVÈS.

De Boisgency, ce 10 apuril 1637.

2

AU CARDINAL BARBERIN

(Ibid., id.)

Monseigneur,

J'ay faict sçavoir à Monseigneur le Nonce qui est à Turin l'ordre qu'il avoit pleu à V. E. de me donner de lui faire tenir le Pentateuque Samaritain[2], que feu M. de Peiresc, mon frère,

---

[1] Cf. à ce sujet une lettre de Naudé à Peiresc (du 1er février 1632) dans *Les Correspondants de Peiresc*, XIII, p. 10.

[2] Sur le Pentateuque Samaritain, qui a tenu une si grande place dans les préoccupations de Peiresc, d'Holstenius et de leurs amis, voir *passim*, les lettres de Peiresc aux Dupuy. Nous aurons à en parler à propos de l'oratorien Morin.

m'avoit chargé par son testament de vous faire rendre. Par
sa response du 23me décembre, que j'ay receue depuis peu,
il me marque qu'il a eu parcil ordre de S. E. de le recevoir et
le luy faire tenir en diligence et l'adresser au sieur Burlamachi,
à Lyon, qui prendra le soing de le lui faire rendre. Je ne
manquerai pas de le faire dès que la rigueur des tems, qui a
été extrème, aura cessé, ou peut-être le lui porter moi-mesme,
si je ne trouve quelque autre commodité plus prompte et
qui puisse estre aussi assurée.

Par mes précédentes, entre les grâces que j'avois demandé à S. E., je l'avois suppliée de me faire envoier une
obédience pour le P. Gilles de Loches, prédicateur capucin,
et son compagnon, affin qu'il pût venir en ces cartiers et
travailler à la version et impression du livre d'Enoch que
feu mon frère avoit recouvré avec tant de paine[1]. Et come feu
mon frère me charge de continuer ce dessein et de faire la
despance qui sera nécessaire pour l'impression (qui ne sera
pas petite, pour ce qu'il faut faire faire des caractères exprès),
— et je ne puis entreprendre de le faire sans cette obédience,
pour ce que ce seul Père est capable de le faire, et, s'il venoit à
manquer, ce livre demeureroit inutile — c'est pourquoy je suis
contraint d'importuner encore V. E. pour ce subject et la
supplier très-humblement de me vouloir envoier cette obédience, qu'il suffira d'avoir de Mgr. l'Éminentissime cardinal. S. Onofre, son oncle, qui est protecteur de cet ordre,
sans prendre la paine de la faire demander à ceux qui en
sont les supérieurs. Ce Père, que j'entretiens le mieux que je
puis par mes lettres en attendant cette obédience, m'escrit
d'Orléans, où il est, du 12me janvier, et m'envoye un mémoire
des livres qu'il désire que j'envoie quérir au Caire qui sont
en langue éthiopienne et là escrits en cette même laugue :

Le premier, qui est fort rare, est nommé *Liber Bellorum
Domini,* duquel il est parlé ès Nombres 17.

---

[1] Voir dans le fascicule II des *Amis d'Holstenius,* p. 104, la lettre
dans laquelle Peiresc recommande à son frère Valavès le P. Gilles de
Loches et son impression du livre d'Enoch, « affin que ce livre que j'ai
eu avec tant de paine et de despence ne vienne à se perdre. » On voit
que Valavès reproduit presque textuellement dans sa lettre les paroles
de son frère.

Le second est de certaines constitutions qu'ils disent avoir esté faictes par les apostres, et qu'ils tiennent comme livres de la Sainte Escripture.

Le livre de Job (quoy que ce soit le mesme que nous avons, mais il le désire pour y voir quelques notes qui lui manquent pour l'accomplissement du Lexicon qu'il fait).

Les quatre Evangélistes.

Les épistres de S. Pierre et de S. Paul, apostres.

Les actes des Apostres.

L'Apocalipse ou Révélation de S. Jean.

Les Pseaumes de David.

Le livre des morts, c'est-à-dire le cérémonial pour ensevelir les morts.

La vie des Saints.

Le livre de la messe, c.à.d. un missal.

Et parce que ces livres ne se peuvent avoir sans beaucoup de despence, ce bon Père me marque de ne les envoyer pas quérir si je ne suis assuré qu'on lui permette de venir en ce païs, car là où il est il a tant d'autres occupations qu'il ny pourroit vacquer. C'est pourquoy feu mon frère, qui en avoit eu cognoissance, pour lui donner moien d'y pouvoir travailler sans divertissement, aurait désiré de le faire appeler en ce païs, pour ce qu'il seroit malaisé d'y trouver une aultre personne qui y peut ou voulut travailler, pour ne pas dire impossible. Néanmoins je n'y ai pas laissé d'envoier ce mémoire au Grand Caire dans l'espérance que j'ay que V. E. ne voudra pas que le public demeure frustré de ce livre pour une chose de si peu d'importance qu'une obédience, et qu'elle ne me refusera pas cette grâce pour satisfère (*sic*) au désir de feu mon frère et le continuer.

Et comme c'est la plus forte passion que j'aye jamais eue qui augmente en moy au lieu de diminuer par sa mort, je supplie très humblement V. E. de m'accorder encore une aultre pareille grâce que je lui demande, pour avoir un indultum pour voir Jérusalem, avec le consentement du P. Général des Minimes, en faveur du P. Théophile Minuti, religieux de cet ordre que feu mon frère avait instruit peu avant son deceds des lieux où il pourroit recouvrer les meilleurs manuscrits en toute sorte de langues et des moiens qu'il faloit tenir pour les avoir et les bien cognoistre, et feu mon frère l'auroit demandée à V. E., si Dieu ne l'eusse appelé (*sic*), car cognoissant ce bon Père fort agissant et de bon esprit, il l'auroit instruit et préparé à ce voiage, duquel on peut se promettre quelque chose de bon, s'il plaist à V. E. de l'agréer. Et ce Père La pourrait servir, s'il lui faisoit donner un mémoire des choises qu'Elle pourroit désirer.

Et bien que ne voiant pas de response aux très humbles supplications que j'ay faict à S. E. depuis la mort de feu mon frère, tant sur le subject de ladite obédience du P. Gilles de Loches et son compagnon, qu'il desire, que sur l'affaire de M. Dupuy S. Sauveur touchant le prieuré de S. Léon, j'aye sujet de croire que cela ne procède que pour me faire avoir ces grâces en effet et non pas en paroles. Néanmoins, pour faire voir à V. E. que j'ay esté forcé à lui faire des importunités, je lui envoie une lettre qui me fut remise à mon arrivée à ma maison de feu mon frère, et qui me servira d'excuse, s. v. p., comme elle me sert de loi, si j'abuse de l'honneur qu'Elle nous faict de nous recognoistre pour ses très humbles serviteurs ; et je me promets cette grâce de sa bonté, d'autant plus que de celles que je lui demande, l'une va à obliger un des plus rares et plus méritans hommes du siècle et ceux qui lui appartiennent, qui sont estimés et recogneus pour tels, et les autres vont à obliger le public et la postérité, qui bénira les généreux mouvements de V. E. de ce qu'elle y aura contribué de son autorité. Ce qu'attendant, je supplie très humblement V. E. de me croire, Monseigneur, son très-humble, très-obéissant et très-obligé serviteur, Valavès.

D'Aix, ce 4 février 1638.

3

Monseigneur,

Je suis tellement obligé à V. E. de l'honneur qu'elle a faict et faict rendre à la mémoire de feu M. de Peiresc en cette célèbre compagnie [1] qu'elle a voulu honorer de sa présance,

---

[1] Il s'agit de la commémoration de Peiresc dans l'Académie des *Humoristes*, où J.-J. Bouchard prononça son éloge funèbre, le 21 décem-

que, sur le premier avis qu'un de mes amis m'en a donné en
passant, je n'ay pu différer davantage de lui tesmoigner par
celle-cy le sentiment que j'ay de cette si signalée faveur ; et
laquelle estant sur le subject de la personne qui m'a toujours
esté la plus chère et dont la mémoire m'est en plus grande
vénération, et j'en demeure si extraordinairement redevable
à V. E. que je ne sçaurois concevoir de termes capables de
vous le pouvoir exprimer, ni vous en remercier dignement.
Mais comme c'est une grâce qui ne procède que de la bonté
de S. E. et de l'affection dont il lui avoit plu d'honorer feu
mon frère, elle porte sa récompense quant à soy dans la satisfaction qu'il lui demeure d'avoir voulu relever les actions
d'une personne qui n'en a jamais faict qui lui aient été plus
agréables que lorsque il a peu rencontrer occasion de servir
en quelque façon Son Eminence et faire cognoistre la véritable
profession qu'il en faisoit. C'est ce que j'estimerai toujours le
plus précieux héritage qu'il m'ait laissé, et rechercherai avec
passion de pouvoir mériter par mon obéissance que S. E. me
fasse l'honneur de prendre cette créance, et que m'ayant faict
la faveur de me subroger à son défaut, il n'y a rien que je ne
fasse pour lui en tesmoigner ma reconnoissance ; lui ayant
voué depuis si longtemps et avec tant de raison tout ce qui
pouvoit dépendre de moi, et qu'il ne me reste plus rien à lui
offrir que la continuation de cette même volonté et l'assurer
que je serai toute la vie, avec vérité et passion, Monseigneur,
De V. E. le très humble, très obéissant et très obligé serviteur,

VALAVÈS.

Aix, ce 4 février.

bre 1637. *Laudatio funebris Claudii Fabri Peirescii, senatoris aquensis,
a J.-J. Buccardo, Parisino;* souvent imprimé, Venise, 1638, in-4°; Rome,
1638, typis Vaticanis (dans le *Monumentum Romanum*); et Aix, 1639.

III

Documents littéraires sur Christine de Suéde

LETTRES DE R. TRICHET DU FRESNE

1

A Monsieur | Monsieur Holstein, | chanoine de S.-Pierre |
à Rome.

[Rome, Bibl. Barberini, XLIII, 176]

Monsieur,

Le voyage que je vais entreprendre m'a donné occasion de
vous escrire et de vous rafraischir la mémoire d'une personne
qui vous honore beaucoup et qui a toujours faict une très
particulière estime de cette grande et profonde doctrine qui
vous fait admirer de tout le monde. La royne de Suède m'a
fait l'honneur de m'appeler à son service. J'eusse cru estre
coupable du crime de lèse-amitié si je fusse parti de Paris
sans vous asseurer que je porte dans mon cœur un zèle si
ardent pour vostre service qu'il ne craint ni la froideur ni la
glace de tout le septentrion. Ne laissez donc pas mon affection inutile, et, en me commandant, faictes-moi paroistre que
vous m'aymez. Et lorsque je serai aux extrémités du monde,
ne me tenez pas pour cela au rang de vos derniers amis, et
croyez qu'il n'y aura jamais personne qui soit plus véritablement que moi, Monsieur, vostre très humble et obéissant serviteur,

Du FRESNE [1].

A Paris, ce 31 mai 1652.

Monsieur de Valois, qui a esté appellé il y a désia longtemps, a presque résolu de faire le voyage avec moi [2]. Je

[1] Raphaël Trichet du Fresne fut garde du cabinet des médailles et
des peintures de la reine. Archenholtz assure qu'il en déroba et em-
porta avec lui en France plusieurs pièces curieuses.

[2] Les frères de Valois ont tous les deux eu des relations littéraires
avec la reine de Suède, mais il ne paraît pas que le projet de voyage
ici annoncé ait jamais été réalisé ; Archenholtz n'en dit rien.

verrai M. de Saumaise à Leyde et tâcherai de le ramener en
Suède [1]. Je croy que M. Bouchart, qui partit de Caen la
semaine de Pâques, y sera maintenant arrivé avec Mr Vossius [2].

[1] Saumaise, « le plus savant des nobles et le plus noble des savants, »
a séjourné à Stockhom de l'été de 1650 au mois de décembre 1651. Outre
que le climat du nord ne convenait guère à sa santé délicate, il avait
promis aux curateurs de l'Université de Leyde d'aller y reprendre sa
chaire : double raison de quitter la Suède. Quelque temps après, il
songeait à y retourner en compagnie de Huet. Dans une lettre écrite
de Leyde, le 28 juillet 1651, il expose ses projets à son jeune ami :
(Bibl. Nat., F. Fr., 15.189, fol. 94 et 95 r°.)

« J'ai eu quelque espérance que je m'approcherais de vous en pre-
nant la route que vous avez prise. Je n'en désespère pas encore, et les
instances que la reine m'en fait tous les jours, jointes à la promesse
que je lui fis lorsque je pris congé d'elle, m'obligent quasi d'abandonner mon premier dessein, qui était d'aller en France, pour quelque affaire que j'y ai, avant que de me résoudre à faire ce voyage de Suède pour
la seconde fois. J'avais toujours cru que les troubles qui sont à présent
en France cesseroient, et que je ferais en peu de temps ce que j'avais
projeté de faire avec plaisir et seureté..... D'ailleurs, la guerre allant
s'allumer entre cette nation et les Anglais, je crois que je me verrai
condamné d'accomplir la parole que j'ai donnée à la Reine de l'aller
voir, plus tôt que je ne pensois. Après ces deux considérations, ajoutez-
y encore ces deux autres qui sont assez puissantes pour m'attirer où
vous estes : c'est que M. Bochart et vous y serez, et, la seconde, la bibliothèque que je n'ai pu voir tout le temps que j'ai été à Stockholm, à
cause d'une maladie aussi longue que le séjour que j'y ai fait et qui m'a
toujours tenu attaché ou au lit ou à la chambre. Je serais maintenant
en meilleure disposition de manier les excellents livres qui se trouvent
dans cette bibliothèque, que je n'étois alors : et je le ferais avec un
plaisir et un profit infiniment plus grand, si j'avois le bonheur de les
pouvoir feuilleter avec vous. Pour le manuscrit d'Origène, dont vous me
parlez dans votre lettre, il a été autrefois au père du sieur Vossius que
vous connoissez : et la reine ayant acheté sa bibliothèque après sa
mort, c'est ainsi que ce manuscrit est passé en Suède. Je l'ai lu, mais
je ne l'ai point copié. Je n'en ai tiré que quelques extraits qui servoient
au dessein que j'avois pour lors. Je suis au reste de votre avis, que le
traité qui se trouve à la fin de cet exemplaire n'est pas d'Origène. Au
surplus, nous en discourrons plus amplement quand je serai sur les
lieux avec vous. Cependant je vous prie d'être assuré que je suis et
serai toute ma vie, etc. »

[2] Bochart, cédant aux instances réitérées que Vossius lui avait faites
de la part de Christine, se mit en route pour la Suède avec Huet et
Vossius lui-même en avril 1652. Il arriva à Halmstadt (Suède) dans les
premiers jours de mai 1652.

2

A Monsieur du Puy | abbé de S. Sauveur, rue de la | Harpe
devant le collège | de Narbone | A Paris

[Paris, Bibl. Nat., Fds. Dupuy, 788, f° 383].

Monsieur, je rendis en passant à Leide la lettre qu'il vous
avait pleu d'escrire à M. de Saumaise. Les civilités dont il
usa envers moi furent au-delà de tout ce que je pouvais espérer et j'avoue que j'ai trop tardé à vous remercier d'une si
favorable recommandation. Il y a environ quinze jours que
j'eus l'honneur de saluer ici la reine, qui me reçut avec des
bontés extraordinaires. C'est une princesse que jamais vous
n'avez ouï assez louer, et la renommée qui a cent bouches n'a
encore parlé qu'à demi de l'excellence de son esprit. Jamais
couronne n'a couvert une si docte teste [1]. Elle a le goût excellent pour toutes les belles choses [2], et a de la science jusques aux yeux et aux oreilles. Quelque autre vous parlera
de sa philosophie, de son grec et de son latin, et de sept
autres langues qu'elle parle parfaitement. Elle aime les livres
avec passion [3], et en a jusques dans la ruelle de son lit. Mais
M. Naudé vous jurera que la *Cassandre* et le *Cyrus* qu'il y a
trouvé ne sont ni celle de la galerie du Palais ni celui de
M. d'Escudéry, quoique la parfaite cognoissance qu'elle a de
notre langue lui découvre assez tout ce qu'il y a de beau dans

[1] C'est l'avis de Gabriel Naudé : « Son esprit est tout à fait extraordinaire. Elle a tout vu, elle a tout lu : elle sait tout. » Huet exprime la
même opinion dans une lettre à Pierre Mambrun (1er mai 1653). [Cf.
Tilladet. *Recueil de Dissertations*, II, 272.]

[2] « Elle n'était pas seulement savante en ce qui dépend des livres,
mais elle l'était pareillement en peinture, architecture sculpture, médailles, antiquités et en toute autre chose belle et curieuse. » (G. Naudé
à Gassendi, 19 octobre 1652.

[3] La bibliothèque d'imprimés et de manuscrits qu'elle avait réunie
à grands frais et où étaient entrées les collections de Pétau, de Gaul-
min, de Mazarin, de Goldast, était une des plus riches du monde. Mais
elle fut pillée par ses bibliothécaires. A l'arrivée de Christine à Rome,
elle ne comptait plus, d'après l'inventaire de Lucas Holstenius, que
2.115 manuscrits, dont 2.111 sont entrés au Vatican aujourd'hui fonds
Reginensis).

de semblables ouvrages. Avec tout cela elle est reine, et, fille
qu'elle est, sans abandonner le timon à un autre, on voit
qu'elle gouverne avec une conduite admirable et une autorité
absolue la plus fière et belliqueuse nation de l'Europe. Le
cabinet dont elle m'a donné la direction sera pour la richesse,
pour les médailles antiques et pour la rareté des beaux ouvrages de peinture et de sculpture, le plus considérable qui
soit au monde [1] et, si j'en ai le loisir, je prétends d'en donner
au public une fidelle description [2]. Nous attendons ici
M. Bourdon, le peintre. Il faut espérer qu'il nous donnera un
portrait de S. M. plus ressemblant que celui que nous avons
veu jusqu'à présent. Vous en aurez un et original, car elle me
l'a promis et m'a commandé de vous le dire. Une autre fois,
je vous entretiendrai des livres qui se trouvent ici. Cependant je vous prie, *etc.*

Du Fresne.

A Stockholm, ce 21 septembre 1652.

LETTRE DE M. DE FEUQUIÈRES A Mme DE CLINCHAMP

[Fragment]

(Paris, Bibl. Nat., Fds Français, 15.189, fol. 10)

[. . . . .] Depuis ma lettre écrite, j'ai été prendre congé de
la reine de Suède. J'ai été seul une heure auprès d'elle, et
comme dans la conversation nous sommes tombés sur le chapitre de M. Bochart et de M. Huet, elle s'est récriée sur notre
ami M. Huet, en disant qu'il y a trois ans qu'elle le cherche et
demande de ses nouvelles. Elle m'ordonna, tout en me priant
de tout son cœur, de l'obliger de la venir trouver ici, qu'elle
le logera et lui donnera de bons appointements, et que ce

---

[1] Le résident français Picques rapporte qu'elle envoya cent ballots à
Gothembourg pour être transportés hors de la Suède : la plupart conte-
naient des meubles précieux et ses cabinets de médailles, de statues de
bronze et de marbre, des peintures et autres choses d'un grand prix et
d'un gros volume. Cf. la lettre de Naudé à Gassendi, déjà citée ; Cha-
nut, *Mémoires*, t. III, p. 240, et une note du *Palmsköldiana*, recueil
manuscrit auquel renvoie Archenhöltz.

[2] Le travail que méditait R. T. du Fresne ne vit point le jour. Le
catalogue du cabinet métallique de Christine fut imprimé seulement en
1690, in-4°, par Francesco Camelli.

serait le plus grand service que je puisse jamais lui rendre,
que de lui faire cette conqueste. Pour moi, en sa place, je
n'y fonderois pas un grand établissement, quoique à présent
elle paye bien. Mais il feroit un voyage agréable, et commo-
dément, et qui serait fort utile pour ses études. Je vous prie
de lui dire ce que je vous écris, n'ayant pas le loisir de lui
en écrire. A mon retour, nous en parlerons. La reine m'a dit
mille biens de lui en riant... S'il vient ici, qu'il prenne la
soutane et qu'il s'appelle l'abbé Huet. On ne veut point qu'il se
marie : le mariage et les lettres ne s'accommodent pas bien
ensemble [1]. Lorsque je la quittai, elle a couru après moi
dans l'antichambre pour me redoubler son commandement,
et m'ordonner de lui écrire quand je serai en France. [.....] [2].

LETTRES DE BOURDELOT [3]

1

A Monsieur Du Puy, conseiller du roy, rue de la Harpe

[Bibl. Nat., Fds Dupuy, 803

De Gotorp, ce 13 décembre 1651).

J'ai différé à vous écrire jusqu'à ce que j'eusse vu M. de
Saumaize [4], qui a été ravi d'apprendre que vous vous portiez

---

[1] Cette raison est plus sérieuse que la plaisanterie tirée de Pausanias
que Christine fit un jour à Huet : « qu'un Grec du même nom que le
sien avait eu le malheur de surprendre sa femme avec son galant, et
que pour cela il ne devait pas se marier. »

[2] Lettre non signée et non datée. (Note de Léchaudé d'Anisy.)

[3] Les relations de Bourdelot avec les frères Dupuy sont antérieures à
son voyage en Suède. Dans une lettre du 16 décembre 1650, il prend
Dupuy l'aîné pour confident de « ses dernières souffrances qui, à la mort
de Son Altesse, ont été si mal reconnues, contre la promesse qu'on lui
avait faite », et il dit en terminant : « La candeur s'est réfugiée dans
votre bibliothèque. On ne la voit plus à votre cour. » La même lettre
contient un bel éloge du président Ferrand, qui était alors chargé de
débrouiller ses affaires : « Il est dit Bourdelot à Dupuy, de l'ancienne
roche et de votre école. » — Dans une autre lettre, « datée de la Haye, ce
24 décembre 1651 », au début de son voyage, Bourdelot demande à Pierre
Dupuy la permission d'entretenir une correspondance avec lui. Après
la mort de Pierre, il adressa ses lettres à Jacques Dupuy.

[4] Bourdelot avait attendu vainement Saumaise en Hollande : « J'attends

mieux. Il y a deux mois qu'il est ici, travaillé de douleurs de goutes *(sic)*[1]. Il s'en porte mieux à présent, et prétend partir dans peu de jours pour la Hollande[2]. Il reçoit mille faveurs et courtoisies du duc d'Holstein qui est ici, ce qui lui a rendu ce séjour supportable. Jamais homme n'a tant esté honoré dans tout le septentrion que celui-là. Le roi de Danemark l'a traité comme si c'eust esté un souverain. A l'entrée de ses États, un carosse et deux chariots l'attendaient ; il lui donna un souper dans son palais, beut à sa santé et le mit au-dessus de six sénateurs dans tout le Danemark. Il a esté logé dans les châteaux des seigneurs, conduit par un maréchal-des-logis du Roy, et traité splendidement partout[3]. Il n'est pas croyable avec combien de regret la reine de Suède l'a laissé partir d'auprès d'elle. Elle a différé son voiage le plus qu'elle a peu, et est cause effectivement que le mauvais temps l'a attrapé. Je crois pourtant qu'il aura assez de santé pour gagner la Hollande. Je partirai demain pour le Danemark et Suède. Je vois des nues obscures de ce côté là, qui me font bien peur. Dès ce lieu icy, la nuit commence à trois heures et demie, et j'ai encore plus de deux cents lieues à faire. La mesme estoille qui m'a conduit me mènera à bon port, s'il plaist à Dieu. J'ay appris que M. Vossius va en Espagne pour y faire copier des manuscrits[4]. Je serai ravy d'apprendre à mon arrivée de vos nouvelles. J'ay prié mon beau-frère, qui vous portera ma lettre, de m'en mander et vous assure que

à Leyde M. de Saumaize de jour à autre, sans savoir où il est certainement, ce qui m'embarrasse, car je lui veux parler de nécessité. (Lettre à P. Dupuy, 24 novembre 1651.)

[1] Il en avait déjà souffert plusieurs mois à Stockholm. C'est pendant cette maladie que la reine allait le visiter dans sa chambre, et c'est pendant l'une de ces visites que se place le piquant incident de la lecture du *Moyen de Parvenir* par la belle Mlle de Sparre, si joliment conté dans le *Menagiana* (IV, 423).

[2] Ceci permet de corriger une erreur peut-être typographique d'Archenholtz, qui place au mois de *septembre* 1651, le retour de Saumaise en Hollande.

[3] Ces divers détails précisent ce que l'on savait sur le voyage de Saumaise, de Suède en Hollande.

[4] Cette mission de Vossius en Espagne est restée inconnue à Archenholtz.

je serai éternellement, Monsieur, Votre très-humble et très-obéissant serviteur,

BOURDELOT.

2

Même suscription

[Ibid., ms. Dupuy, 803, f° 377]

Monsieur,

C'est avec beaucoup de desplaisir que j'ai appris, dans votre lettre, la mort de M. Dupuy. Je vous l'ai escrit et je vous le confirme ; l'un des grands regrets que j'ai eus de quitter Paris a esté de le laisser en un estat que je lui pouvois estre utile. La mort est plus forte que nos remèdes, et son décès peu de temps après mon partement pourroit faire croire que son heure estoit venue. Avec tout cela, l'expérience que j'ay des vieillards qui sont valétudinaires me tient encore dans l'opinion que j'avais que ses jours pouvoient estre prolongés, mais tous les soins d'un homme qui a cette habitude-là y sont nécessaires. Il n'est plus temps de discourir là-dessus, et plus j'y pense, plus j'ai d'amertume de cœur qu'il en soit venu faute, sans que j'aie peu estre à son secours. [...] La Reyne a apris cette perte avec beaucoup de desplaisir ; elle avait une très grande estime pour le deffunt. Elle m'a commandé de vous escrire son ressentiment et la part qu'elle prend à votre douleur. Elle juge que les lettres en souffriront et seroit inconsolable, si elle ne savoit que vous prendrez tout seul les soins [1] qui estoient partagés entre vous. Elle seroit fort aise qu'il se présentât des occasions de vous donner des marques de son estime. C'est la plus grande princesse qui soit au monde ; elle a toutes les sciences que vous avez ouï dire ; mais la beauté de son esprit, sa douceur et son grand courage sont au-dessus de ses sciences. Je n'ai rien veu qui lui fust comparable, et je bénis Dieu de ce que je suis venu la trouver. Elle me fait de l'honneur plus que je ne mérite. Quand on la sert, on ne songe point aux grands froids ni aux autres incommodités

---

[1] Ces soins étaient, comme on sait, la garde de la Bibliothèque du roi, la direction du *Cabinet*, la surveillance de l'édition de la Byzantine, etc.

du pays. M. Vossius partit hier d'auprès d'elle en pleurant,
comme font tous ceux qui la quittent[1]. On est ici dans une
pleine paix. C'est une grande reine bien absolue. On n'y voit
point de guerres civiles comme en France, dont j'ai la plus
grande pitié du monde. Je souhaite que les troubles s'y apai-
sent. [Etc.]

A Stockolm, ce 30 janvier 1652.

3

MÊME SUSCRIPTION

[Ibid., ms. Dupuy, 803, f° 381]

Stockholm, ce 18 avril 1652.

Monsieur, je vous suis parfaitement obligé de la part que
vous prenez à la satisfaction que j'ai des témoignages d'estime que je reçois de la Reyne. Vous vous estes toujours intéressé dans les plus petites choses qui m'ont regardé, par un
excès de bonté ; un establissement honorable et lucratif[2] comme celui-ci, avec une grande confiance de la plus grande
reine du monde, me mettent dans un estat qui doit plaire à
mes amis. Pleût à Dieu que je leur peusse estre utile, principalement à vous, et que je peusse recognoistre par quelque
agréable service les faveurs dont vous m'avez honoré. Je tas-
che, en attendant quelque meilleure occasion, de satisfaire à
mon devoir, et déduis à la Reyne les belles qualités qui vous
rendent recommandable ; bien qu'elle en soit instruite depuis
longtemps, les exagérations que je fais sur votre sujet vous
sont toujours glorieuses. Elle a veu le compliment que vous

---

[1] A en croire Huet, la jalousie de Bourdelot n'aurait pas été étrangère
au départ de Vossius.

[2] Vossius expose la situation de Bourdelot à Heinsius, dans une lettre
de mars 1652 :

Bourdelotius gaudet titulo primarii archiatrii et honoribus amplissimis.
Nullus unquam princeps majori exceptus est pompâ ; quatuor scutatorum
millia illi singulis annis persolvenda, idque sex mensibus antequam tem-
pus solutionis expiret. Exegit à Bidalio pro impensis itineris quatuordecim
florenorum millia, Obtinet praeterea domicilium amplissimum in arce regia
ferculaque accipit in numera ex culina regia. Vides quid non impudentia
gallica possit.

me faites sur ce que vous avez sceu la part qu'elle prenoit à votre desplaisir, et sur l'exhortation qu'elle vous faisoit de continuer vos assemblées [1] qui sont l'honneur de la France et le véritable advancement des lettres et de l'honneste conversation ? Elle est bien marrie que vous ayez esté en doute qu'elle ait eu tous les bons sentiments qu'elle a pour vous... Elle est bien aise de la curiosité que vous avez pour son portrait ; elle est pour vous l'envoyer elle-mesme, mais jusque ici il n'y en a pas eu un seul de bien fait. Si tost que quelque peintre aura réussi, je tiendrai la main qu'il vous soit envoyé, et en huile comme vous le désirez. J'ai beaucoup de joie que M. Bouillaud [2] soit avec vous. C'est une personne dans l'estime générale et qui vous est très-familière. Je suis en impatience de voir ce que M. Rigault fait sur la vie de feu M. du Puy. Une si belle vie est digne d'un si grand écrivain.

J'estois en peine de savoir si la pourpre changeroit les mœurs de M. le coadjuteur [3]. Dans un royaume plein de partis, on peint les personnes de couleurs bien différentes. Ce que vous m'escrivez « que sa nouvelle dignité ne change aucunement ses mœurs, ni sa courtoisie qui lui est comme naturelle, et qu'il vous a visité deux fois », est une décision. On voit à présent naïfvement quel est son naturel, qui aime les lettres et les hommes de vertu et de doctrine. Ce n'est pas avec dessein puisqu'il est au-dessus de ses desseins [4]. Je prie Dieu que cette qualité lui donne assez d'autorité pour pouvoir procurer une bonne paix [5] et pour pouvoir rétablir les lettres qui ont

---

[1] Le *Cabinet* qui tenait alors la place d'une Académie des Inscriptions et Belles-lettres.

[2] Sur Ismaël Boullian (*Bullialdus*, 1605-1694) qui fut l'un des principaux membres du *Cabinet*, cf. *Les amis d'Holstenius*, p. 81, note 1.

[3] Le cardinal de Retz.

[4] Dans cette phrase, le mot *dessein* a deux sens différents. Bourdelot veut dire que le cardinal de Retz n'aime pas les lettres et les lettrés par politique et dans un but intéressé (*avec dessein*), puisque cet amour survit à la réalisation des projets qui auraient justifié cette politique, (puisqu'il est au-dessus de ses desseins).

[5] Est-ce bien à l'autorité du cardinal de Retz qu'il faut faire honneur de la *bonne paix* qui termina la Fronde, si tant est que c'ait été là une *bonne paix* ?

L'auteur des *Réflexions* imprimées avec la lettre de Christine au duc

besoin d'une restaurateur comme lui, illustre en dignité et en
savoir. Je félicite M. Ménage[1] de cette promotion. Je ne me
sens assez de force que pour faire aller mon compliment jusqu'à ses serviteurs[2]. Je vous prie de ne permettre pas que
toute votre famille m'oublie. Etc.

4

Même suscription

[Ibid., Ms. Dupuy, 803, f° 385]

Ce 27 août, Stockolm [3].

Monsieur, j'attendois toujours les nouvelles d'un accom-
modement en France pour vous pouvoir entretenir de choses
agréables et renouveler le commerce des lettres qui depuis
six mois est tout à fait interrompu ; mais tous les ordinaires
nous représentent la face des affaires toujours plus horrible ;
le chagrin en passe jusqu'ici, et il n'y a point de Français
qui n'en soit dans la consternation. Les Suédois ont compas-
sion de nos misères, et bien qu'à la Cour on n'ait pas accepté
la médiation de nostre grande reyne[4], au premier consentement que l'on y donnera, elle est toute preste d'envoyer M.
Rosenhane [5], nommé déjà ambassadeur pour cela [6]. Peut-
être qu'à la Cour on changera d'avis, et vous puis dire que
S. M. désire autant la paix de France que celle de son royaume.

d'Orléans (chez J. Chevalier, proche S. Jean de Latran) n'est pas de l'avis
de Bourdelot, 1651 : « *Cette nouvelle pourpre ne sera pas plus favorable
à la France qu'une plus vieille qu'on veut chasser.* »

[1] Ménage était l'un des préférés de Christine, mais il se refusa toujours à l'aller voir, soit en Suède, soit même à Bruxelles : « il s'excusa
toujours, aimant trop ses aises. »

[2] Cela est peu clair. Il veut dire qu'il n'écrira pas au coadjuteur lui-
même pour le féliciter.

[3] La date de l'année n'est pas donnée.

[4] La médiation proposée par la reine de Suède avait été repoussée
très nettement par Mazarin : la Cour de France ne pouvant permettre,
comme il le dit, que Christine prit connaissance « des différends qui sont
entre le souverain et ses sujets. »

[5] Bourdelot écrit ce nom *Rezenans*.

[6] Le résident Rosenhane avait été chargé dès 1649 de faire ces pro-
positions de médiation à la Cour de France.

Il faut qu'il y ait une horrible constellation [1] pour la guerre :
le Turc fait la paix avec les Vénitiens pour attaquer l'empereur et les Polonais, joints avec les Tartares et les Cosaques.
Kuvelinsky a coupé la tête au général Polonais et à son fils
de sa propre main, et a envoyé les testes au Grand Seigneur
comme un gage de sa fidélité et de son irréconciliation avec
les Polonais. Je ne crois pas que l'Europe ait jamais été dans
une si grande confusion. Je m'imagine que ce royaume-ci ne
voudra pas demeurer oisif pendant ces désordres. Je vois faire
tant de préparatifs et tenir tant de conseils que je crois que
l'on a du dessein. Cependant il est desjà travaillé au dedans
de tant de maladies que c'est une chose inouïe. Dans le logis
de M. le comte Magnus [2] il y en a 65. Des villages entiers, des
familles et dans de petites provinces, tout est malade. J'attri-
bue cela à la sécheresse extraordinaire qui ne nous a fait aucun bien que de nous donner force melons. Mais je n'en ai
autant mangé que si j'eusse esté à Rome où à Barcelone. Le
conestable est à l'extrémité [3], et je partirai demain au matin
pour aller voir la reine-mère qu'on dit qui se meurt [4]. J'at-
tens ici M. Bourdon. Si tost qu'il sera arrivé, je vous envoierai
le portrait de la reine [5]. S. M. vous est très-obligée des marques de l'affection et de l'estime que vous témoignez pour elle
en toutes vos lettres.

---

[1] L'astrologie était peut être à la Cour de Suède autre chose qu'une
source de métaphores. Une pareille expression se trouve dans les pen-
sées de Christine.

[2] Le comte Magnus de la Gardie, grand trésorier, et longtemps ministre favori de la reine, un des personnages dont le crédit avait le plus
excité l'envie et les attaques de Bourdelot.

[3] Le comte de la Gardie, père des comtes Magnus et Jacques, qui
était aveugle depuis plusieurs années.

[4] C'était une fausse alerte. La veuve de Gustave-Adolphe ne mourut
que quelques années plus tard, le 18 mars 1655, pendant le séjour de sa
fille Christine à Bruxelles.

[5] Ce portrait tant de fois annoncé fut enfin expédié, comme nous l'apprend un billet de Bourdelot à Dupuy, [Ms. Dupuy, 803] : « Monsieur,
je vous envoie un portrait de la reine de Suède fort ressemblant. Ce
n'est pas l'original de Bourdon. A celui-là je fais faire une bordure.
Quand elle sera faite, on vous le portera : vous choisirez : mais le premier portrait qui a esté en estat je vous l'ai fait porter….» Etc.

5

A M. du Puy, prieur de S. Sauveur, conseiller et bibliothécaire du roi, demeurant près Saint-Cosme, rue de la
Harpe.

[Ibid.. Ms. Dupuy, 803, f° 375]

A Stockholm, ce 14 décembre 1652.

Monsieur,

Votre lettre du XI novembre ne me parloit que d'afflictions
et de misères. Je ne vois pas depuis qu'elles soient diminuées.
Il est vrai que le roi est à Paris et que le repos et le commerce
y sont restablis. Mais j'ai peur que ceux du conseil ne soient
pleins de rancune et qu'ils n'aient plus de soins de leurs in-
térêts particuliers que du repos de l'Estat. M. le prince, sur la
frontière avec une bonne armée, et le Parlement, affligé par
des banissements, ne me peuvent faire croire que la tranquil-
lité soit bien restablie, veu principallement que les personnes
sur qui la disgrâce est tombée sont dans une estime générale.
Pour les deux qui vous appartiennent, j'en suis affligé extrêmement, et rien ne me peut empescher que je ne vous en té-
moigne ma douleur. Obligez-moi de leur en faire part et de
les assurer de mes très-humbles services. Ils sont plaints en
cette Cour, où, si l'on pouvoit aporter remède à leur mal, on
le feroit très-volontiers. On voudroit bien aussi secourir la
France dont la ruine visible menace cet état-ci ; mais la fu-
reur qui pousse les esprits ferme toutes les oreilles et fait re-
fuser des offres que l'on devait avoir sollicitées avec beaucoup
de soin. Nous, qui sommes dans un port assuré, voyons de
loin des malheurs qui menacent la France, que ceux qui gou-
vernent ne voient pas : « *casus dabit his quoque finem.* » C'est
une résolution désespérée qu'il faut prendre dans le misérable
ble état où sont les choses. Je vous suis bien obligé dans ces
tumultes de m'envoyer encore des nouvelles de la littérature.
Elle se réveille ici et les assemblées de gens de lettres se font
très-belles[1]. Les mercredis, les princes et sénateurs s'y trou-

---

[1] L'opinion de Bourdelot semble ici plus juste que celle de Naudé :
qu'il y avoit de son temps si peu d'hommes doctes en Suède, qu'il n'y

vent [1]. M. Bochart y raconta mercredi dernier son Phaleg et y dit mille belles choses[2]. Vous aurez le tableau. C'est moi qui m'en charge. A nos amis MM. Hulon, Pétault, Ménage, Board, Bouillaud, Auzout, mes baisemains très humbles [3].

LETTRE DE BONNESOBRES [4]

[A la reine Christine de Suède]

[Ibid., Ms. Dupuy, 776, f° 44]

Madame,

M. Bourdelot ne se contente pas de maltraiter presque tous les officiers de V. M., par la violente domination qu'il exerce sur eux, sous ombre que V. M. le regarde favorablement. Il est venu jusques-là avec moi que de m'offenser par des parolles injurieuses en ma personne et en mon honneur, et s'il plaist à V. M. d'apprendre la source de notre différent, c'est, Madame, que M. Bourdelot a une haine enragée contre moi, depuis que je lui refusai d'estre son espion auprès de

---

en connoissoit point encore d'autre en cette qualité que la reine Christine seule (*loc. cit.*). Mais peut-être les mêmes hommes paraissaient savants a Bourdelot et ne l'étaient point pour Naudé.

[1] Cette réunion académique eut ensuite lieu le jeudi. Christine annonça ce changement à Ménage, chez qui les savants se réunissaient le mercredi, en ces termes : « Ma Joviale est la très humble servante de votre Mercuriale. » — Cette plaisanterie médiocre parut si française à Ménage qu'il refusa toujours de croire que Christine en fût l'auteur.

[2] Bourdelot, qui louait le *Phaleg* dans sa lettre à Dupuy, avait fait tous ses efforts pour en empêcher la lecture ; il réussit à priver Bochart de la présence de la reine. Bochart le traita à ce propos « d'homme ignorant et malin qui a fait son possible pour le décrier et qui n'a fait que se décrier lui-même. »

[3] Il y a dans le même volume trois autres lettres de Bourdelot à Dupuy S. Sauveur qui ne sont pas assez intéressantes pour être publiées. En voici les dates et les incipit, avec l'indication des folios où elles se trouvent : fol. 387, La Haye, 21 novembre 1651 : « *J'ay receu...* » — fol. 389, A Mouron, 16 Décembre 1651 : « *Dans noz courses...* » — fol. 391, Noisy, 18 octobre 1648. Cette dernière est suscrite : A M. Du Puy, bibliothécaire du Roy.

[4] Archenhöltz ne prononce même pas le nom de ce personnage qui, à défaut d'autres mérites, avait au moins celui de la franchise et du courage.

V. M., ainsi que peuvent être quelques autres qui l'approchent.

Peu de temps après que je fus venu, il me dit qu'il me falloit trouver continuellement au lever de V. M. pour la voir déjeusner, estre présent à son diner et au souper pour lui en faire rapport, et me donnoit à entendre que c'étoit du commandement de V. M. Je satisfis à ses ordres ponctuellement comme il m'avoit prescrit, innocemment toutesfois, et pensant bien faire, sans songer à sa politique, jusques à ce qu'ayant remarqué qu'il me mettait à la question en m'interrogeant, et me demandant « qui estoit à la chambre, qui avoit parlé à V. M., et qui j'avais laissé auprès d'elle », et qu'il ne se servoit de moi que pour satisfaire sa politique, et non pas la médecine, je lui dis nettement que je ne pouvois faire cela plus longtemps, et qu'absolument je ne le ferais plus. Là-dessus, Madame, il me répondit en ces propres termes : « *Je ne vous ai pas fait venir que pour faire ce que je voudrais. Je suis votre Dieu, et c'est de moi que vous devez tout espérer ; vous devez continuer, et la reine s'accoustumera à vous voir en sa chambre comme un pilier de fenêtre.* »

Je lui ai répliqué une seconde fois que je le croyais encore plus puissant qu'il ne se disait, mais que je n'en ferois rien, si V. M. ne me le commandait elle-mesme, que je n'estois venu ici que pour faire des médecines, et que ce n'estoit pas là mon mestier.

Du depuis, Madame, il a esté dans une colère irréconciliable contre moi, et m'a fait cent indignités avec des injures insupportables à un homme d'honneur, en présence de personnes de qualité, et qui seroient honteuses à dire. Je ne suis pas de condition à être traité indignement et impérieusement par cet homme-là.

Je supplie donc très-humblement V. M., de me faire justice; et plutôt que de faire du bruit davantage contre une personne qui a tant de crédit dans la cour de V. M., où il veut que l'on croye qu'il est le tout-puissant, je la supplie, avec tout respect et humilité, de me permettre que je me retire, ne pouvant plus servir sous les ordres d'un homme si malin et si plein d'artifices. Il n'a besoin que de petites gens pour en disposer à sa volonté comme de valets; ce qu'il ne peut jamais prétendre d'un homme d'honneur, de quoi j'ai fait toute ma vie profession.

Je ne suis à la vérité que le fils d'un apothicaire, mais lui-même ne l'est que d'un chirurgien [1] qui s'appeloit Michon, et non pas Bourdelot, comme il se tiltre. Je sais bien mon mestier, grâce à Dieu, Madame ; il en a quelque coignoissance, et, sans vanité, je l'ai fait partout avec réputation et estime de ceux qui l'entendent. Peut-être s'en faut-il beaucoup qu'il ne sache aussi bien le sien, et, s'il plaist à V. Majesté s'en donner le divertissement, je suis prest de le convaincre d'ignorance en beaucoup de choses qui regardent sa profession, en présence de ceux qui en peuvent juger. Il a eu, à la vérité, la gloire d'avoir fait quelques belles cures à Bourdeaux, mais elles m'estoient plustot deues qu'à lui, car je puis lui maintenir devant V. M. que je lui ai enseigné et fait les remèdes.

Il sait bien lui mesme qu'il m'a fait la cour plus de deux ans en divers temps pour s'informer et instruire de moi de mille choses de médecine qu'il ne savait pas et qu'il ne sait encore que par ouï-dire, ne sachant de tout cet art que l'escorce, qui lui sert pour s'introduire et faire le rat de cour [2]. Je suis assuré, Madame, que Votre Majesté trouvera que je suis véritable [3].

Le 4 avril 1653, présenté le mercredi 16 à Jarostalle.

---

[1] C'est-à-dire d'un barbier (Guy-Patin, I, Lettre 71, à Spon).

[2] La faveur dont Bourdelot avait joui à la Cour disparut au lendemain de son départ : la reine ne parla plus de lui qu'avec horreur et mépris, dit Archenhöltz. Elle répondit un jour au comte de la Gardie, rentré en faveur, « qu'elle le considéroit, comme elle l'avait toujours fait, comme un homme rempli de vanité. » Soit, mais Christine était-elle bien sûre en disant cela de n'avoir jamais été dupe du prétendu savoir de Bourdelot ?

[3] Le départ de Bourdelot (juin 1653) est de peu de temps postérieur à la remise de cette lettre, mais la faveur dont le médecin jouit jusqu'à la fin à la cour et qu'attestent les magnifiques présents que lui firent la reine et les ducs, ne permet pas de croire que cette dénonciation ait eu quelque influence sur son départ.

LETTRE DE BOCHART A HUET [1]

[Stockholm, ce dimanche septembre... [2]]
Suscription: A Monsieur | Monsieur Huet | à Caen

[Florence, Bibl. Laurentienne, Fonds Ashburnham]

Monsieur, le lendemain de vostre partement je vis la reine en particulier, lui dis que vous estiés parti, et parlé de vostre *adieu* dont j'avois retenu copie sans vous le dire [3]. Je lui en fis la lecture. Elle y prit plaisir et me chargea fort de ne le montrer à qui que ce soit. La dessus entra M. B. [4] et nous parlasmes ensemble de celui qui se plaignoit que vous laviez choqué au berquant (*sic*). Sur quoi la reine parla comme n'en ayant nulle cognoissance, et M. B. vous excusa sur ce que vostre vue est trop courte pour cognoistre et remarquer le monde. La Reine dit que vous n'auriés pas grand sujet de vous louer de la Suède, mais n'y adjousta rien de plus. Je vous conseillerois quand vostre ouvraga s'advancera de lui escrire l'estat où il sera [5], et luy demander permission de le lui dédier. C'est le moyen de la faire parler si elle a encore quelque pensée pour ce qu'elle m'avait proposé. Je lui ai présenté un épigramme qu'elle veut faire buriner sous son portrait en taille douce [6]. Le voici :

> Reginæ celebres longo memorantur in aevo
> Vix duæ, et in mundi partibus oppositis:

[1] Pour tous les faits contenus dans cette lettre, voir *Passim* les Mémoires de Huet. Une copie par extrait de cette lettre, due à Léchaudé d'Anisy est conservée à Paris. Biblioth. Nationale. F. Fr., 15-189, fol. 201. Mais elle a été faite avec la négligence ordinaire de cet érudit. L'extrait s'arrête à la fin de l'anecdote du *Sas* aux mots : *Je m'en rapporte à Dieu qui le sait.*

[2] La date se trouvait sous le cachet, et le papier a été déchiré par Huet, quand il ouvrit la lettre en brisant ce cachet.

[3] C'est le fameux rondeau : « Adieu vous dis, chevaliers suédois. » Cf. G. Lavalley, *les Poésies françaises de Huet.*

[4] M. Bourdelot.

[5] Il s'agit probablement ici de l'édition d'*Origène* dont Huet avait copié un manuscrit à Stockholm.

[6] Archenholtz la reproduit, I, p. 259, d'après le *Menagiana*, comme étant peut-être la seule que Bochart ait jamais faite.

Una Noti Regina sacris irridere indita libris,
  Altera in Arctoi cardine nata poli.
Quas si contuleris, qua sit præstantior orbe
  Quæ regit Arctonm carmine disce brevi :
Illa docenda suis Salomonem invisit ab oris,
  Undique ad hanc docti qui doceantur eunt.

Monsieur Naudé[1] arriva icy vendredi, et le jour de devant
M. Beuningen[2], envoyé en Hollande, qui a eu deja deux au-
diences. La Reine est partie ce matin pour aller à l'enterre-
ment du prince et m'y a voulu mener, et puis a changé d'advis voyant le temps très mauvais, comme si j'etais plus délicat
qu'elle. La vraye raison est que M. B. est allé voir la reine-
mère dans le carrosse qui m'auroit esté destiné et aux autres
de nostre bande qui sont aussi demeurés. J'eus hier une
grosse conférence devant la Reine et toute la cour avec le
chancelier de Pologne qui est verbosus Ulysses. Vous savez
que, quand vous partistes, on murmuroit fort de la perte de
la chaine de médaille de M. Grimani qu'on avoit prise dans le
cabinet de M. Baldroni, qui, ne sachant plus où la chercher,
suivant la règle de *Flectere si nequeo*, eut recours à faire tour-
ner le sas, lequel estant demeuré immobile sur les noms de
tous les autres de la maison, tourna sur celuy qui est venu
en Hollande avec moi, et cela cinq ou six fois de suite, devant
dix ou douze témoins, ce qui lui a causé grand scandale. Cela
se passa du même instant que vous partistes, comme il estoit
chez vous pour vous dire adieu, tandis que tous les autres
demeurèrent pour assister à ce beau mystère, et cela mesme
qu'il s'absenta fut mal interprété et aida à fortifier le soupe-
çon ; sur quoi, tout estant en rumeur, M. l'abbé de chez M. le

---

[1] Naudé fut appelé en Suède par Vossius. Ses lettres sont des plus
précieuses pour la connaissance de la cour de Christine. Cf. Burman.
Sylloge, III. Ce séjour en Suède permet à Naudé d'approfondir son
érudition en beaucoup de matières (Conring, *Opera*, III, préface, 1).

[2] Van Beuningen, diplomate érudit, fort ennemi de la Suède ; c'est à
lui qu'arriva la burlesque aventure racontée par Baudelot de Dairval,
De l'utilité des Voyages, t. I, p. 2, 4. Il croyait qu'il suffisait d'avoir lu
tous les traités *De re equestri* pour être un homme de cheval accompli ;
mais un cheval un peu vif et fringant mit la théorie équestre fort en
désarroi. Fâcheuse suffisance qu'une suffisance purement livresque !

Résident vint le lendemain chez Baldroni rapporter la medaille en son entier, et, au lieu de la chaine, deux lingots d'or à peu près du mesme poids en quoi la chaine avoit esté reduite. De juger qui est l'auteur du mal, je m'en rapporte à Dieu qui le sçait, et suis marri qu'on se licencie à juger avec tant de sévérité. Voila bien des choses passées depuis deux jours qu'il y a que vous êtes parti d'icy. Encore une autre est que la Reine a donné charge de m'aposter logis au chateau. M. Holm me l'a dit, mais je crains qu'accablé comme il est d'affaires, il n'agisse bien lentement. Je vous mande ces petites nouvelles d'icy pour vous obliger à m'en dire de plus importantes de notre pauvre royaume et de tous ceux que nous cognoissons et pour qui vous savez que je porte intérêt. J'en oubliois encore une. Le lendemain de vostre partement je receus lettres de ma femme, mon gendre et ma fille qui me [*supplient*] de revenir jusqu'à dire qu'ils mourroient d'ennui si je ne revenois avant l'hyver. Leurs lettres m'ayant touché, je fis mon possible pour obtenir mon congé de la Reine résolu, si je l'eusse obtenu, de partir dès le lendemain, pour tascher de vous attraper à Coppenhave ou à Gottorp ou au plustard à Hambourg. Mais la reine, m'ayant représenté mes promesses, se prit à crier au Normand et après quelque contestation tira de moy de nouvelles promesses que je n'en parlerois plus qu'après l'hiver passé, et me représenta les douceurs de la conversation que j'aurais avec Mrs B., N. et du Fr. M. Naudé s'est fort enquis de vous et est fasché que vous soyez parti la veille de son arrivée, et sans qu'il vous ait rencontré. Je m'en prends à votre basteau. Dieu veuille que ces lettres vous trouvent arrivé en bonne santé, ou que vous les suiviez de près. Entretenez-moi, s'il vous plaist avec Mrs de Touronde et Fromont et le bon M. Hallé. M. de Vautreront vous baise les mains et moy les pieds, et suis en sincérité, Monsieur. Votre très humble et obéissant serviteur,

BOCHART[1].

---

[1] Voici les principales erreurs et étourderies de transcription dues à Léchaudé: lig. 1, au lieu de *partement*, il écrit *départ*; au lieu de *parlé*, *parlui*; au lieu de *le monde*, *les personnes*; au lieu de *n'auriez*, *n'aviez*; au lieu de *pensée pour ce que*, *pensée de ce que*; au lieu de *un épi-*

LETTRE D'ISMAEL BOULLIAU A HUÉT

[1er octobre 1656 (fragment)]

[Paris, Bibl. Nat., Fds Franç., 15189, f. 87]

La reine de Suède a visité cette maison et celle de M. de
Thou. Elle s'en retourne en Italie sans que l'on sache pourquoi elle est venue et pourquoi elle s'en va[1]. Elle a assez bien
joué son personnage pendant son séjour[2] ; mais comme l'on
ne se compose toujours, elle commençoit à reprendre ses
habitudes, et il en parut un échantillon au Louvre, la veille de
son départ de cette ville, en pleine assemblée, où une réplique
qu'elle fit à M. de Guise fut jugée *un poco libera*[3]. En passant
à Lagni elle y a entretenu une célèbre Ninon, recluse par
ordre du Roi dans un monastère pour quelque gentillesse
de sa profession. La reine Christine a pris si grand plaisir à
son entretien qu'elle a écrit au roi pour prier S. M. de la
tirer de ce monastère, de l'approcher de sa personne et de la
tenir à la Cour[4]....

gramme, *une épigramme ;* au lieu de *le jour de devant, un jour avant :* au
lieu de *mener, conduire ;* au lieu de *la vraye raison, la véritable raison ;*
au lieu de *qui m'auroit esté, qui m'estoit ;* au lieu de *une grosse conférence, une longue ;* au lieu de *que vous partistes, que vous partiez ;* au
lieu de *de juger, de savoir.*

[1] Cette phrase de Boulliau caractérise à merveille, non seulement le
voyage de Christine en France, mais toute l'aventureuse carrière de cette
illustre névrosée.

[2] Assez bien pour charmer toute la cour, y compris le jeune Louis
XIV qui était « nullement savant, dit Madame de Motteville, et timide »
avec les femmes, madame de Beauvais n'ayant pas encore passé par là.

[3] Il faut dire à la décharge de Christine que cette liberté de paroles
était plus naturelle avec M. de Guise qu'avec tout autre, le duc l'ayant
escortée depuis son entrée en France, et une certaine intimité s'étant
par suite forcément établie entre eux.

[4] Cette lettre de Boulliau confirme un passage des *Mémoires* de Madame de Motteville : « Passant à certain bourg proche de ce lieu (de
Frêne) elle voulut voir une demoiselle qu'on apelait Ninon, célèbre par
son vice, son libertinage, et par la beauté de son esprit. Ce fut à elle
seule de toutes les femmes qu'elle donna quelques marques d'estime.
Le maréchal d'Albert et quelques autres en furent cause par les louan-
ges qu'ils donnèrent à cette courtisane de notre siècle. »

IV

Journal de voyage d'Holstenius à Insprück

EPHEMERIS ITINERIS ŒNIPONTANI ANNO CHRISTI 1655 [1]

Die 6 octobris vocatus fui in aulam Quirinalem ab ill^mo D^no.
Julio Ruspiglioso, secretario status, et paulo ante prandium
a Summo Pontifice mandatum mihi fuit ut itineri me pararem
summa celeritate.

Die 10 octobris literas et alia ad iter necessaria accepi sub
noctem diei solis. Die lunæ 11 octobris paulo ante meridiem
Roma discessi et perveni Avignanum, qui fuit olim 28 ab urbe
lapis. 12 octob. Ocriculis pransus, Interamine cœnavi. Scripsi
Romam.

13. Spoleti pransus, pernoctavi Fulgineæ.

14. pransus Nucinæ, Nihillum sive Sigillum perveni.

15. pransus ad Callem perveni Forum Sempronii ; scripsi
Romam.

16. sabb. pransus Pisauri noctu ad Cattolicam substiti.

17. antelucano itinere perveni Ariminum ubi duos cardi-
nales legatos Homodeum Urbini et Aquavivam Romaniole.
card. Ottobonum comitantes, salutavi, iisque brevia summi
pontificis tradidi. Cum Ottobono egi de negotio supprimendi
Venetiis librum græcum hereticum ; mox cum iisdem cardinalibus curru Cesenam ad prandium apud Luca:ellos profectus,
sub tertiam horam noctis Forumpopuli perveni.

18. pransus Faventiæ. noctu ad Castellum Sancti Petri
substiti ; septem passum millibus ultra Imolam, sive Forum
Cornelii medio itinere obvium habui legatum venetum magno
comitatu stipatum, qui novem quadrigis vehebatur, cum magno adequitantium numero.

19. die martis. ad horam 17. Bononiam perveni ubi cum
legato Lomellino de negotio commisso egi statim ; præmisi P.

---

[1] Ce journal de voyage est conservé dans le ms. Barberini XXXII. 17.
petit carnet in-18. papier, couverture en parchemin: autographe: au
verso de la couverture supérieure est le titre abrégé: *Iter Œnipontum,
anno 1655.*

Malines per postam ut Reginam Œnoponti firmaret usque ad meum adventum, quam 6 hujus Francfurti fuisse cognovi ; ipse omnia ad iter accelerandum paravi ; legatus Venetorum post prandium discessit, alter noctu venit.

20. conductis equis Mantuam versus profectus sum, et ob metum militum mutiniensium a S. Joanne per diverticula profectus, Panarum flumen transii ; Mirandolæ pransus, Concordiæ noctu substiti.

21. die Jovis. Tribus comitibus armatis per diverticula deductus, Bondinellum trajeci, inde ad S. Benedictum pransus, Podium transmisi, et vespera Mantuam satis tempestive ingressus, Ser^{mam} Ducissam viduam in monasterio S. Ursuli salutavi, eique literas summi pontificis tradidi. Inde relationem accuratam nactus de itinere et comitatu reginæ Romam scripsi ad ill. Ruspigliosum, addito exemplari relationis, uti etiam ad Em^{mos} card. Legatos Ferrariæ et Bononiæ. Monachorum S. Benedicti fastuosam inhumanitatem expertus sum cum bibliothecam inspicere vellem.

22. pransus ad S. Zenonis, noctu perveni Duliegam ob viam saxo ingenti obstructam quod eo die de imminenti montis jugo deciderat.

23. mane perveni ad vicum Peri, ultimum Venetæ ditionis limitem ubi propter occlusum transitum sublatumque commercium relicta rheda reliquum iter Tridentum usque equis mulo et asino solvere coactus fui. Vespere Roveretum usque perveni.

24. paulo post meridiem, perveni Tridentum. Visitavi principem episcopum et rectorem collegii societatis Jesu et scripsi Œnipontem ad P. Malines et Romam ad Ill. Dn. Ruspigliosum de transitu occluso. Conduxi lecticam Œnipontem usque.

25. Lectica discessi paulo tardius ob negotium cum collybista Antonio de Monti ; pransus Soluzni, noctu perveni Brunzolum.

26. mane pransivi Belfanum ; inde pransus in vico Artzwan per Comariam et Clausam perveni noctu ad vicum Claum. Apud Artzwan obvium habui cursorem archiducis tendentem Venetias ad impetrandum transitum.

27. mane transivi Brixinonte, vidique cathedralem ; inde

pransus in vico Mittenwalt per Sterzingam perveni ad diversorium Prenneri montis in vertice Alpium.

28 die jovis. Summo mane per Stffanach descendi Maltrech ad prandium, inde hora tertia pomeridiana perveni Inspruck.

29. egi cum domino Piccolomini et cum Duo Patre confessore ser^mi archiducis de audientia quæ mihi data fuit inter sextam et septimam vespertinam; inde ex aula ad hospitium mihi paratum jussu ser^mi principis deductus fui; ad obsequium mihi adjunctus fuit D. Baro de Weitmannsdorf, capellanus aulæ et commissarius generalis mineralium, uti etiam duo parafrenarii famuli ser^mi archiducis.

30. Varia expedivi et comparavi. Curavi typis excudi paulo majoribus professionis formulam post prandium; vidi palatium archiducale dictum Ambre, ubi sunt arma, libri, numismata, sed male custodita. Sub noctem visitavi Ill^mam D. baronem Girardi, primarium ministrum status, ubi cum alloquium meum expetere persensi. Hora secunda pomeridiana discessit ser^mus archidux visitaturus Reginam in Seefeld unde sub noctem rediit [1] P. Malines etiam eo profectus, Reginæ et Pimentellii voluntatem exploraturus, qui circa mediam noctem rediit.

31. Mane cursor Roma ad me venit cum literis et mandatis de retardando Reginæ itinere [2]; paulo ante meridiem deductus fui ad audientiam ser^mæ archiducissæ [3], inde ad ser^mum Sigismundum; sub vespero ingressa est urbem serenissima regina Sueviæ.

1 novembris festum omnium sanctorum. Interfui sacro in

---

[1] La reine Christine avait fait demander à Inspruck, à l'archiduc, l'autorisation de traverser ses états pour aller à Rome. Les archiducs et l'archiduchesse Anne allèrent à sa rencontre jusqu'à deux lieues d'Inspruck. Archenholtz nomme Zirla la ville de cette entrevue.

[2] Pour avoir le temps de préparer une réception convenable à sa haute qualité et d'expédier les nonces à sa rencontre, Christine avait quitté Bruxelles le 22 septembre 1655, avec Pimentel, ambassadeur extraordinaire d'Espagne; le comte et la comtesse de Cueva, le comte de Bugnoy, le P. Mannerscheidt, S. J., les Suédois Silvercrona, Lilliecrona, Appelgren et Appelman. Elle passa par Cologne, Francfort, Augsbourg, où le duc de Montecuculli fut envoyé par l'empereur pour l'accompagner jusqu'à Rome.

[3] Anne, sœur du grand-duc de Toscane.

capella archiducali, ubi vidi reginam ex superiore conclavi prospectantem. Post prandium habui audientiam apud legatum Pimentellum et sub vesperam apud Reginam, et deinde apud baronem Girardi, propter negotium professionis.

2. mane instruxi notarios, presbyteros et clericos de functione sequentis diei et omnia ad eum finem paravi. Post prandium cum regina vidi in palatio Ambre numismata et mss. codices, ubi S. Pauli epistolam ad Rufinum, Anastasium bibliothecarium.

3 mercurii die. Functio excipiendæ professionis Reginæ mane peracta [1]. Nuntius de transitu a Venetis concesso. Sub nocte data fuit fabula Adonisii et Veneris [2].

4 jovis. Ante meridiem regina subscripsit quattuor exemplaria professionis, quæ me ex hospitio vocavit eam ob causam [3]. Nocte deinde habitum fuit dramma musicale, a nona vespertina usque ad tertiam matutinam.

5. tota die scripsi Romam de peracto negotio, adque per cursorem ex Polonia reducem quem per horas 27 detentum expedivi ad secundam noctis ; huic nomine Pietro Juliano Urbivetano, vulgo Petruccio d'Orvieto misi exemplar professionis, absolutionis et interlocutionum Romam, et epistolam italicam Reginæ ad Papam [4].

6. Toto matutino tempore providi de rebus ad reditum necessariis; post meridiem Hallam profectus mercatum ins-

---

[1] La cérémonie se fit à dix heures du matin: la reine fut conduite par l'archiduc et son frère l'archevêque à l'église de Saint-François, suivie de l'archiduchesse et des deux cours. Holstenius lut les pleins pouvoirs du Pape ; après quoi la reine, sans nulle émotion apparente, fit sa profession publique de la religion romaine. Le jésuite Standacher fit un sermon en allemand.

[2] Le baron Girardi s'excusa auprès d'Holstenius, disant que si l'on avait su plus tôt la date de la *profession* de la reine, on aurait choisi un sujet d'opéra plus convenable et moins profane. Cette anecdote, rapportée par Gualdi, est peu vraisemblable, et l'ignorance de Girardi l'est encore moins, après les entretiens qu'il avait eus avec Holstenius les jours précédents. La reine ne s'en formalisa pas, si le mot qu'on lui prête est vrai : « Messieurs, il est bien juste que vous me donniez la comédie après vous avoir donné la farce. »

[3] Le même jour, elle écrivit à Charles-Gustave pour lui annoncer son abjuration. Le lendemain, elle écrivit à Alexandre VII.

[4] Archenholtz donne le texte de cette lettre, I, p. 491.

pexi et salinas. Vespere item exhibitum dramma musicale majus.

7. scripsi exemplar actorum ob ineptitudinem notarii [1]. Visitavi comitem Montecuculli; sub noctem iterum exhibitum fuit drama minus [2].

8. Indictus fuit discessus Reginæ. Ser^mi archiduces scripserunt professionem reginæ, uti etiam legatus Hispanicus. Valedixi ser^mæ archiducissæ; reliquum diei impendi procurandæ legalitati professionis. Sub noctem valedixi baroni Girardi. Regina discessit circa secundam pomeridianam horam. Noctem impendi actorum instrumento conficiendo; sub quintam pomeridianam expedivi. et remisi cursores Ferrariam ad eminentissimum legatum de discessu Reginæ.

9. Dictavi scribendum instrumentum actorum cujus legalitatem non nisi ad secundam pomeridianam expedire potui; inde discessi, et secunda noctis Stanachum perveni. Regina ea nocte commorabatur Stertzingi.

10. Prennerum montem mane transivi et Stertzingi pransus sum, ubi Reginam tum discessuram offendi quæ Brixinonem tendebat; quo et ipse sub noctem perveni; paulo citra urbem incitavit me ad hospitium R^mus D. suffraganeus Berckhoven, ad quem diversi et me valde honorifice habuit.

---

[1] La reine écrivit ce jour-là à diverses personnes la nouvelle de son abjuration. Archenhöltz publie ses lettres à la duches e d'Havré et à la comtesse de Brienne. J'ai retrouvé dans les papiers de Huet (Bibl. Laurentienne. Fds Ashburnham) une lettre du même genre, dont voici le texte :

« Ma cousine, si vous avez souhaité, il y a longtemps de me voir catholique, vos souhaits sont présentement accomplis et Dieu m'a fait la grâce d'avoir fait ici publiquement profession de la religion romaine. Je vous en donne advis. sachant que vous n'en aurez pas une médiocre joie, et que vostre piété et l'affection que vous avez pour moi vous feront doublement participer à mon bonheur. Pour ne demeurer pas ingrate des vœux que vous aviez faits pour mon salut, je désire qu'il vous arrive toutes sortes de prospérités. et de rencontrer les occasions de vous tesmoigner l'estime très particulière que je fais de votre vertu. et que je suis, ma cousine, votre très affectionnée cousine et amie.

» Christine.

» A Insprück, ce 7 novembre 1655. »

[2] Ces fêtes, spectacles, illuminations, cérémonies et festins coûtèrent quinze tonnes d'or. d'après le *Mercure de Hollande*.

11 jovis. Regina Ser^{ma} matutina discessit [1] ; ego cathedralem et reliquias SS. Ingenuini et Aviti inspexi; urbem egressus, offendi redeuntem episcopum qui Reginam comitatus fuerat. is de curru descendens me salutavit, et ut negotia ejus summo Pontifici commendarem rogavit. Offendi reginam prandentem ad pagum Colmericum qua deinde vesperi perveni Bolsanum; hospitium habui in diversorio publico Clavis Rus *(illisible)* et Bolsanum per cursorem litteras camerales accepi ab em^{mo} legato Ferrariæ Illmo Bentivoglio nuncio, et a computista cameræ, de itinere Reginæ recte instituendo. Accepi litteras ab ill^{mo} episcopo Tridentino ut Regina Tridenti apud eum hospitaretur.

12. Regina interquievit Bolsani, ad eam visi mane, et constituimus de itinere per statum ecclesiasticum ; inde exhibuit mihi M. Aurelium Gatakeri *(sic)* et meum exemplar vidit, ut et Hieroclem. Visitavi legatum hispanicum et comitem Montecuculi ; pransus sum apud ill^{mum} D. de la Cueva; post prandium visitavit me D. legatus et D. baro Firmian, nomine episcopi et principis Tridentini, a quo ad reginam invitandam missus fuerat. Sub noctem visitavit me comes Montecuculi.

13 sabbato. mane visitavi Baronem Firmian ; discessi circa undecimam antemeridianam, paulo ante Reginam, et vesperis satis tempestive pervenimus Egnam, quæ a Germanis incolis Naumark dicitur : eo advenit cursor a duce Mantuæ invitante Reginam ut civitatem illam ingredi et apud se hospitari vellet; miserat dux præfectum equitum prætorianorum. Regina humaniter recusavit, neque eam sibi recto itinere Romam tendenti de via publica deflectere liceri dixit, nec lum constare quam viam Veneti essent præscripturi ; egi cum cursore de itineris intervallis constituendis inter Ferrariam usque.

14. Mane, sacro peracto, pransi sumus. Egna hora postprandium quarta pervenimus Lavisum, ubi cum regina item ab episcopo Tridentino invitata esset, deliberatum fuit quid agendum [2]. Ego dixi Summo Pontifici mentem esse ut Regina

<hr>

[1] Archenhöltz, d'après une relation suédoise manuscrite, fixe son départ à quatre heures de l'après-midi.

[2] Le prince-évêque de Trente lui adressa des invitations réitérées, qu'elle finit par accepter. Le 17, à Alla, elle lui écrivit une lettre de remerciements (Archenhöltz, 1, 494).

ab episcopis locorum solemniter excipiatur, et sic scripsi episcopo de Regina excipienda per nuncium expressum.

15. Mane discessimus Laviso Tridentum. Episcopus medio itinere ocurrit reginæ egregio nobilium virorum comitatu. Quæ Tridentum ingressa recte perrexit ad templum cathedrale, ubi solemni cleri processione excepta, sacrum audivit ad altare S^mi crucifixi, ad genustatorium tribus gradibus elevatum; perrexit inde ad ecclesiam S. Mariæ Majoris, ubi synodus habita fuit, et postea ad S. Petrum, ubi asservatur corpus S. Simonis Pulvi. Inde in' villa suburbana episcopi pransa fuit. Ego cum legato et episcopo sum pransus nobilissimo apparatu. Sub nocte Culianum pervenimus, episcopo reginam ad tria circiter passum millia comitante. Cum regina Calianum ingrederetur, barones Tropi, loci illius domini, ex castello superiori magno tormentorum strepitu lætitiam testati sunt. Hoc die Laviso ad episcopum Brixinensem, et Tridento ad Rev^dam Berkhoverum suffraganeum ejus, scripsi de simulacro dei Mithræ quod in pago Maulz extat delineando in gratiam Reginæ.

Regina Tridenti plane eodem modo excepta quo regis Hispaniarum soror, imperatrix, et imperatoris filia reginæ Hispaniæ; sub noctem episcopi Tridentini munus egregium rerum comestibilium mihi oblatum fuit ; quod hospiti relinqui.

16. Regina Caliani substitit usque ad undecimam antemeridianam, ubi pransi sumus ante profectionem; paulo post meridiem transivimus Roveretum et sub nocte pervenimus Allam; ubi vespere diu locutus sum de reliquo itinere usque ad fines ditionis ecclesiæ, tum vero præcipue de studiis philosophicis græcis, admirabili ejus humanitate.

17. Circa priman pom. profecti Alla, paulo ultra Borghettum venimus ad collimites Austriacæ et Venetæ ditionis, ubi comitatus ab ser^mo archiduce reginae adjunctus substitit et Veneti ad portam lignis elatius occlusam nos exceperunt, nullo examine vel sane parum scrupuloso transeuntium. Inde per viam Peri satis tempestive pervenimus Dulceum ubi deputati Veronensium Regina adventum gratulati sunt [1], præterea nihil humani-

---

[1] Ce passage rectifie une erreur d'Archenholtz qui la fait complimenter à Dolie par des députés du doge et du Sénat de Venise.

tatis exhibentes, diversorium Reginæ, parietibus nudis, squalli-
dis: et totius itineris sine dubio pessimum. Regina suo sumptu
totum comitatum tractavit ; me autem pessimo loco hospitan-
tem lautissima cæna excepit. Vespere a Mantuanis et Venetis
de intervallis itineris et stationibus constitutum fuit [1]. Qua de
re ad eminentissimos legatos nuntios et Romam scripsi.

18. Dulcea profecti non per angustias Clusæ, sed viam mon-
tanam latissimam sed aliquanto longiorem, Bussolengum pervenimus vespere ; cursorem cum litteris Dulcci scriptis Ferrariam hora noctis expedivi.

19. Bussolengo post sumptum prandium profecti sumus ad
locum Veronensis ditionis *Isola della Scala* dictum, ubi olim
fuere delitiæ Scaligerorum. In itinere per cursorem Em^{mi} card.
legati et nuntiorum literas accepi, quem sub noctem cum litteris meis ad eosdem remisi.

20. Sabbato. Pransi ad insulam della Scala paulo ante
meridiem discessimus cœlo pluvio et sub noctem per Pontem
Molinum Hostiliam pervenimus ; ibi tres fere horas in trajectu
Padi hœsimus, ad arcem ducalem Revere in opposita ripa
sitam transituri. Cursorem, qui me inter Insulam et Nogaram
supervenit cum litteris card. legati et nuntii Bentivolii sub
mediam noctem expedivi cum responso. Regina splendidissima
cœna excepta fuit a duce Mantuæ et archiducissa ejus conjuge ;
omnis quoque comitatus laute exceptus [1].

21. Mane pransi in arce Revere ; iterum Padum trajeci et
currum conduxi qui me Hostilia Ferrariam perduceret ; ita
cœlo pluvio viaque lutosissima Figarolum sub noctem pervenimus ; in itinere statim ubi Hostilia discessimus, literas per
cursorem accepi ut reginam eo die si fieri posset Hostiliæ
subsistere procurarem, ne imparatos nuntios Figaroli oppri-
meret Illi sub vespera reginæ occurrentes ad locum [*manque*]
dictum cum curru, lectica et gestatoria sella [2]. Figaroli omnia
in consulta neque satis parata offendimus ob ministrorum
imperitiam. Eo venit Dnus Innocentius Contigenusalis.

---

[1] Le duc et l'archiduchesse allèrent à sa rencontre et la traitèrent
magnifiquement.

[2] Ils lui présentèrent un bref du Pape du 24 octobre 1655, où il lui
témoignait son envie de la voir bientôt à Rome.

22. Figaroli mature pransi et Ferrariam versus profecti ad septimum citra Padum miliare vice-legatum cum magno militum comitatu Regina occurrit [1], et postea ipse cardinalis legatus, uno miliario citra eumdem Padum, quem deinde ponte navali stentum, sane nobili spectaculo, transivimus. Ferrariæ in E^{mi} legati palatio hospitium habui; cum ipso etiam cœnavi. Egi de libris hebraïcis cum Magio d'Italia hebrœo; sub nocte Bononiam et Romam scripsi per Dn. comitem Montecucullum.

23. Totum fere diem scribendis litteris impendi. Regina cum cardd. Spada et Pio pransa est; postea arcem perlustravit. Comes Montecuculi post prandium discessit cum confessione et actis. Sub noctem literas et zifra Roma accepi. Egi cum hebræo de libris editis et manuscriptis.

24. Mane ante diem scripsi; postea lustravi urbem; vidi libros hebraïcos; regina cum Cardd. iterum pransa est; post prand'um prodiit ad lustrandam urbem et visitavit duo monasteria Regulariorum, ubi miraculum sanguinis Christi, et Carthusianorum. Sub noctis tertia exhibitum fuit drama musicale Bentivogliorum. Egi cum Magio d'Italia et Mose Allatino hebræis de manuscriptis hebraicis comparandis quæ inspexi.

25. Jovis. Mane pransi paulo ante meridiem discissimus; sub nocte pervenimus ad villam march. Tanaræ, 2 mil. ultra S. Petrum in Casali. Ego cum Dnn. nunciis diversi ad villam Danii, ditissimi mercatoris. Omnia bene disposita et parata offendimus per ministros Card. Lomellini legati Bononiæ.

26. Sumpto prandio discessi cum familia dui nuncii Turreggiani, et circa secundam pomeridianam Bononiam perveni hospitio exceptus in palatio em^{mi} card. legati; in via obivam habud primo vicelegatum, inde ab tertia ab urbe lapide legatum ipsum Reginæ magno comitatu occurentem. Sub hora 23 Regina urbem intravit. Ego interim bibliopolea excussi; vesperi ignes festivi more Romano exhibiti et post cœnam saltatio, spectante regina.

27. Sabbato mane regina sacro adfuit in ecclesia Dominicanorum. Vidit reliquias et picturas, accurate consideravit volu-

---

[1] Tout ce qui est dit ici des 22 et 23 novembre rectifie l'assertion peu précise d'Archenholtz, 1, 495.

men legis, præclarum et antiquum DCC circiter annorum, quod
falso autographum creditur, simillimum Vaticano volumini
vetustate. Sub nocte Regina Stellanam spectavit.

28. Regina substitit Bononiæ ; mane vidit monasterium et
claustrum S. Michaelis in Bosco; Vesperi spectavit hastitudia,
vidi bibliothecam S. Salvatoris.

29. Emi libros editos et manuscriptos. Post prandium profecti sumus Imolam ubi reginam cœna splendidissima excepit cardinalis Dungus.

30. Pransi sumus Faventia apud cardinalem Rossettum; sub
noctem venimus Forum Livii, ubi Regina excepta fuit a Card.
Aquaviva, Romaniolæ legato ; ante cœnam habita fuit recitatio
academica. Accepi epistolam card. Barberini ad Reginam.

1. Decembr. Post prandium pervenimus vesperi Cœsenam.
Scripsi ad em. Card Barberinum ; hospitium habui apud PP
Franciscanos. Reginæ ridiculum hastitudium exhibitum.

2. Summo mane lustravi bibliothecam monasterii a Malatestis fundatam, ubi notavi aliquot codices insignes, antiquissimos operum S. Basilii Nazianzeni et Chrysostomi ; scholia
antiqua in Nazianzenum quæ archiepiscopi Bulgariæ præferebant ; opera Platonis in charta bombycina cum scholiis marginalibus egregiis. Pransi discessimus Ariminum, ubi monumenta visu digna spectavi: arcum Augusti, ecclesiam S. Francisci a Sigismundo Malatesta ædificatam, ubi monumentum
Themistii philosophi ex Peloponeso allatum. Nocte fui apud
Franciscanos ad S. Bernardinum. La nuova lista fatta *(sic)*.

3. Cœlo pluvio profecti ad Catholicam raptim pransi sumus,
Regina Card. legatum et Nuntios atque D^{rom} Hispanium
mensæ adhibuit. Inde, valida jam et profusa pluvia, Pisaurum
circa 22 ^{dam} pervenimus. Reginæ in interiori cubiculo elegantissima saltatio exhibita ; choreas duxerunt comites Santinelli fratres[1] ; inde gigantea acrobatia introducta cum summa
reginæ admiratione simul et oblectatione. Cœnavi cum card.
Homodei et nuntiis.

4. Toti ferme die scripsi ; ad secundam noctis egi cum
Febo Fuligni, librario hebrœo de catalogo librorum hebraï-

---

[1] Le comte Francesco Maria Santinelli lui présenta un livre qui contenait des poésies italiennes, la plupart à sa louange.

corum. Vespere exhibitum fuit drama musicale cum machinis
et saltationibus, ubi item producti fuere acrobatæ Cantianen-
ses; horis pomeridianis Regina monachas et monasteria visitavit. Scripsi Romam de bibliotheca Urbinate, tum de successu
itineris Pisaurum usque; literas misi sequenti mane.

5. Pransus cum card. legato et nuntiis, paulo ante reginam
Fanum profectus, inde sub vesperam Senogalliam perveni,
cœlo adhuc sudo; sed reginam intrantem turbo grandinis
repente coortus oppressit. Hospitium optimum habui in ædibus Bernardini Fassini, card. Cherubini propinqui. Sub noctem
ad me venit Card Rondanini cubicularius cum literis quibus
statim respondi.

6. Die lunæ. Senogallia post summum tentaculum Anconam
satis mature pervenimus. Ego diverti ad P. Inquisitorem;
prope palatium sub noctem vidi D. Van der Gas. Egi etiam
cum Leone del Bene, rabbino, de libris hebraïcis. Regina
inspexit arcem Traiani in portu. Res valde confusa fuit [1].

7. Mane regina venerata est sanctas reliquias ex cathe-
drali ecclesia ad sacellum palatii delatas: cuspidem lanceæ
et pedem S. Annæ. Sub vesperam Loretum pervenimus. Regina, ad radicem collis de curru descendens, pedibus ad sacram
ædem ascendit quam etiam ad primum conspectum antea in
itinere venerata fuerat [2]. Vesperi attulimus coronam.

8. Festum conceptionis B. Virg. Loreti substitimus. Regina,
sacro audito, secreto in interiori parte ædis sacram commu-
nionem devote accepit, sic et tota familia ejusdem jussu; postea vidit cimelia et donaria sacra. Fœda admodum tempestas eo
die fuit. Sub noctem accepi litteras Roma de adventu comitis
Montecuculi, et negotio ex mente pontificis bene peracto [3].

---

[1] Holstenius ne dit rien des prétendues entrées de villes par Christine
à cheval et habillée en amazone.

[2] Le témoignage d'Holstenius renforce celui de Gualdo et de Parival,
qu'Archenholtz (I, 195) parait n'accepter qu'avec hésitation.

[3] A Lorette, ayant lu ce distique :

> Hanc tibi sacravit spretam regina coronam
> In cœlo tribuas ut meliore frui,

qui, d'après Ludolf, est d'Holstenius, la reine Christine se moqua de l'auteur. Elle voulait qu'on remplaçât *spretam* par *lictam* coronam. Holstenius, on le voit, ne souffle pas mot de l'incident.

9. Regina responsas mihi dedit ad literas card. Barberini. Inde vasa manu Raphaelis Urbinatis depicta in Pharmacopæa inspexit. Inde audito sacro sumptoque prandio discessimus imbre profuso viaque pessima et lutosa. Maceratam sub noctem ingressi sumus ; hospitium habui in ædibus thesaurarii Piccæi.

10. Macerata pransi profecti sumus Tollentinum, fœda cæli tempestate. Regina oppidum ingressa recte sese rexit ad venerandas reliquias S. Nicolai ; ego quoque sepulcrum vidi B. Catervii apud canonicos regulares. Sub nocte scripsi Romam ad card. Barberinum et ad ill^mum D. Rospigliosum secretarium S. Sanctitatis.

11. Cælo pluvioso inde ninguido, Regina Camerinum profecta, maxima familiæ pars cum sarcinis et impedimentis Muccium præmissa ubi et ego noctu substiti ; sub mediam noctem victualia Camerino submissa.

12 Dominica. Summo mane sacris adfuimus ; inde Apennini jugum superavimus spissa nive et intenso frigore. Regina cum familia ad Casas novas tentaculum sumpsit ; inde fœda tempestate Fulgineum sub nocte pervenimus. Ego curru parato Assisium ad card. Rondaninum perrexi.

13. Assisium perlustravi mane ante Reginæ adventum ; inde lautissimo prandio Regina cum toto comitatu excepta a card. Rondanino visitatis locis sacris sub multam noctem Fulgineum rediit.

14. Fulgineo Spoletum pervenimus satis tempestive. Regina splendide excepta a card. Facchinetto episcopo ; ego cum nuntiis apostolicis apud Rosarios hospitium habui. Litteris accepi ab Ill. Rospiglioso cum licentia redeundi Romam.

15. Regina Spoleti substitit, drama musicale post prandium spectatura ; quum ab ea proficiscendi commeatum petiissem discessi, et tempestive Interammum perveni ; hospitium habui in episcopeo, bene exceptus ab ill^mo gubernatore Bonfiolo ; quem in Reginæ hospitio apparando adjuvi. Paulum citra Stristuram obvium habui D. Sertorium Ursinum, equitem patavinum, Romam cum legatus Venetiis revertentem.

16. die Jovis. Ante lucem Interamnia discedens, prima luce Narniam transivi. Inde Ocriculis pransus tempestive Civitatem Castellanam perveni, ubi diversorium militibus refertum

offendi. In itinera inter Burgettum et Civitatem observavi accurate ductum veteris Flaminiæ per vallem Tiniæ fl., cujus admirandas substructiones, murum peccati vulgo appellante, divertebat autem ex hodierno ductu ad diversorum Stabiæ ubi de illa Flaminiæ parte non frequentanda sacræ consultæ edictum legitur. Pons Tiniæ vetus uno paulo plus miliari sub Civitate Castellana fuit quo loco nunc turris conspicitur.

17. Die veneris. Cum ob strepitum militum quiescere non liceret, circa decimam horam noctis discessi et prima luce Castellum Novum perveni. Sumptoque tentaculo inde sub 22da pomeridiana salvus et incolumis itinere, et negotio ex animi voto bene confecto, Romam reversus sum et sub nocte ad summi pontificis audientiam admissus [1]. Summa humanitate ab eodem exceptus, itineris et negotii totius rationem exposui, quam Sanctissimus Dominus Noster benignissime approbavit. Δόξα Θεῷ [2].

---

[1] La reine Christine n'arriva à Rome que deux jours après Holstenius, le 19 décembre : le soir même, à sept heures, elle fut reçue en audience par le Pape, et le lendemain, elle alla visiter la bibliothèque du Vatican, dont Holstenius lui fit les honneurs.

[2] Au verso du dernier feuillet, Holstenius a inscrit les indications suivantes :

In Pesaro Pietro Giacomo Loghi in luogo del sig. Gasparo Lamere.

In Ferrara 2 hebrei : Magio d'Italia, Mose Allatini.

In Pesaro Phebo Fuligni, libraio hebreo. Carlo Mandolese, libraio da Bologna.